KB147539

사쿠라 불나방

사쿠라 불나방

이윤옥 시집

"사쿠라 불나방"
시집을 내며....

영욕에 초연하여 그윽이 뜰 앞을 보니
꽃은 피었다 지고 가고 머무름에 얽매이지 않고
하늘가 바라보니 구름은 모였다 흩어지는구나
맑은 창공 밝은 달 아래 마음껏 날아다닐 수 있어도
불나비는 유독 촛불만 쫓는다
맑은 물 푸른 숲에 먹을 것 가득하건만
수리는 유난히도 썩은 쥐를 즐긴다
아! 세상에 불나비와 수리 아닌 자
그 얼마나 될 것인고?

한평생을 조국광복에 몸 바친 겨레의 큰 스승 백범 김구 선생이 즐겨 읽던 〈채근담〉에 나오는 글이다. 나라를 송두리째 빼앗긴 채 길고 긴 유랑과 고난에 찬 시절 '유독 불만 밝히고 썩은 쥐만 즐기는 불나비와 수리 아닌 자' 가 얼마나 될지 모른다는 대목은 우리가 모두 새겨 볼 말이다.

지난 1월 6일부터 16일까지 신묘년 새해가 밝기 무섭게 나는 임시정부 27년간의 피난살이 길을 따라 상하이, 항쩌우, 쩐장, 창사, 광쩌우, 류쩌우, 치쟝에 이어 임시정부청

사가 있는 충칭까지 과거 선열들의 피눈물 나는 노정을 답사하고 돌아왔다. 1919년 4월 11일 중국 상하이에 임시정부가 수립되던 그날부터 1945년 8월15일 광복을 맞이하던 그 순간까지 장장 3만 리 길을 피난살이하며 일신의 안위보다는 동포를, 제 집보다는 나라를 먼저 생각했고 그를 행동으로 옮겼던 선열들의 발자취를 더듬으며 나는 깊은 생각에 잠겼다.

해마다 맞이하는 3·1절과 8·15광복! 국내외에서 독립운동으로 평생을 바친 분들의 이야기가 집중되는 시기이지만 친일한 사람들의 이야기는 별로 없다. 조국광복을 말할 때 이들의 배반 이야기는 반드시 거론돼야 할 것으로 믿는다. 시인도 개인사를 뛰어넘어 이제 역사 속에서 평가되어야 한다는 믿음 때문이다.

혹시 궤변을 떠는 자들은 이를 두고 발전적 미래를 위해 과거에 집착하지 말자거나 그때 친일 안 한 사람이 어디 있느냐는 말로 내 뜻을 흐릴지 모르겠다. 이런 사람들 때문에 제 나라 친일문학인을 거론하면서 나치의 압제를 받았던 프랑스 사정을 들어 말해야 하는 현실이 안타깝다. '이방인'으로 노벨문학상을 받은 프랑스 작가 까뮈는 2차 대전 당시 서슬 퍼런 나치 점령 아래서 지하신문 '콩바(전투)'의 주필로 저항운동을 펼쳤다. 지식인들이 "시대와 함께 살고 싸우고 성찰하고 증언"하는 삶을 살지 않으면 안 된다는 강한 의지로 실천적 삶을 살다간 문학인으로 유명하다. 더 훌륭한 것은 프랑스 국민이다. 나치 압제로부터 해방된 직후 드골 정권이 나치 부역자들을 단호히 숙청할 때 프랑스 국민은 궤변을 떨어 그들을 결코 옹호하지 않았다.

친일문학인을 두둔하는 이들에게 꼭 해주고 싶은 이야기가 있다. 이제 또다시 "악인들의 불안한 영혼도 순수하고 신성한 사랑에 목말라 있다."며 나치부역자들에 대한 관용과 용서를 제안했던 프랑수아 모리악을 내세워 한계 상황에 처한 나약한 인간들이 생존을 위해 저지른 불가피한 일이었다는 말을 해서는 안 된다는 것이다. 그런 썩은 이야기는 광복 이후 65년으로 충분하다. 이제부터는 우리가 신봉하던 그 문학인들의 이면 속에 숨겨진 모습을 있는 그대로 밝혀 주는 작업을 해야 한다고 본다. 아직 그런 작업은 시작도 안 했기 때문이다.

시집이라고는 하지만 일제에 부역한 문학인들을 소개하는 지면이 더 많다. 한 줄 시보다 그들의 친일 행적을 소개하고 싶은 마음이 앞서 이런 형식을 빌었다. 해마다 3·1절과 8·15 광복절을 등대 삼아 꾸준한 시 작업을 하고 싶다. 많은 꾸짖음을 바란다.

4344(2011). 설날 아침

칼바람 부는 북한산 자락에서 이윤옥 씀

친일문학인 20명 선정 기준

이 시집에는 모두 20명의 문학인이 나온다. 이들을 고른 기준은 2002년 8월 14일 민족문학작가회의, 민족문제연구소, 계간 《실천문학》, 나라와 문화를 생각하는 국회의원 모임, 민족정기를 세우는 국회의원모임(회장 김희선)이 공동 발표한 문학 분야 친일 인물 42인의 명단 가운데 지은이가 1차로 뽑은 19명이며 다음과 같다. 이들 문학인의 친일작품은 "김재용(문학평론가, 원광대 교수, 계간 『실천문학』 편집위원)의 "친일문학 작품목록, 실천문학, 2002년 가을 호"를 참고 하였다.

곽종원 **김기진 김동인 김동환 김문집 김상용** 김소운

김안서 김용제 김종한 김해강 **노천명 모윤숙** 박영호

박영희 박태원 백철 **서정주** 송영 **유진오 유치진**

이광수 이무영 이서구 이석훈 이찬 이헌구 임학수

장혁주 **정비석** 정인섭 정인택 조연현 조용만 **주요한**

채만식 최남선 최재서 최정희 함대훈 함세덕 홍효민

굵은 글씨의 문학인은 이번 시집에서 다룬 문학인이며 모두 19명이다. 다른 1명은 2009년 11월 민족문제연구소가 펴낸 《친일인명사전》에 실린 이완용 오른팔 '혈의누' 작가 이인직으로 모두 20명을 대상으로 했다.

차례

가나다순

11. 빈소마저 홀대받은 **유진오**
12. 친일파 영웅극 '대추나무'는 나의 분신 **유치진**
13. 조선놈 이마빡에 피를 내라 **이광수**
14. 이완용의 오른팔 혈의누 **이인직**
15. 내가 가장 살고 싶은 나라 조국 일본 **정비석**
16. 불놀이로 그친 애국 **주요한**
17. 내재된 신념의 탁류인생 **채만식**
18. 하루속히 조선문화의 일본화가 이뤄져야 **최남선**
19. 천황을 하늘처럼 받들어 모시던 **최재서**
20. 조국 일본을 세계에 빛나게 하자 **최정희**

태평양 언덕을 피로 물들여라
<김기진>

함경도 군수집 조숙한 아들
일찌감치 부관페리 타고 검은 바다 건넜다네
자유와 연애의 신천지 땅 동경

대학물 먹으며
인생을 위한 예술이냐
예술을 위한 인생이냐
입씨름할 때

상하이 후미진 뒷골목
일제 눈 피해 모여든 조선인들
첫째도 조국 광복
둘째도 조국 광복
살아서도 조국 광복
죽어서도 조국 광복 꿈꾸었다네

염군사 파스큘라 KAPF 다 접고
차린 정어리공장
노다지사업 망해버리자
영미(英美) 두상에 폭탄을 퍼붓고
싱가폴을 때려 부순 황군 전사들 격려하며
태평양 동쪽 언덕 구석구석에
폭탄을 퍼부으라고
아세아의 피로 물들이라고
잉크 듬뿍 묻힌 펜 놀려 찬양했다네.

*염군사(焰群社): 1922년 조직된 프롤레타리아 문학단체
*파스큘라(PASKYULA): 1923년 김기진 등에 의해 조직된 문학단체
*KAPF: 1925년 조직된 프롤레타리아 문학 단체

김기진(金基鎭, 1903~1985) 시인, 평론가

창씨명 (金村八峯, 가네무라 야미네), 필명 팔봉(八峰)

나도 가겟습니다

金八峰

1943년 11월6일 〈매일신보〉

"본관은 안동. 필명은 팔봉(八峰) · 팔봉산인 · 동초 · 여덟뫼. 우리나라 최초로 프로 문학의 이론을 내세웠으며 조선 프롤레타리아 예술가 동맹(KAPF)의 실질적 지도자로 활동했다." 이는 〈브리태니커〉 사전 첫 머리에 나온 김팔봉의 인물 소개로 그의 친일 활동과 친일작품에 대해서 이 사전은 거의 기록하고 있지 않다.

대부분 문필가들이 태평양 전쟁 말기인 1940년 전후해서 붓을 꺾고 일제에 협력 하게 되는데 김기진 역시 예외는 아니다. 그는 1938년 친일단체인 시국대응전선사상보국연맹과 조선문인부국회, 조선언론보국회에 가담하여 박영희

와 함께 카프의 지도자에서 친일 문학계의 중추로 변신했다. 1940년부터 1945년까지 《매일신보》, 《조광》, 《신시대》를 통해 친일 작품을 발표했는데 〈님의 부르심을 받들고〉 등 친일 작품 수는 모두 17편으로 적극적인 친일 문학인으로 꼽히고 있다.

2002년 발표된 친일파 708인 명단, 2002년 공개된 친일 문학인 42인 명단, 2009년 11월 펴낸 민족문제연구소의 〈친일인명사전〉문학 부문에 모두 들어 있다.

김기진 친일시 한 편

아세아의 피

마침내 선전포고다
영미의 두상에 폭탄을 퍼부어라
…
태평양 동쪽의 언덕 언덕을 구석구석을
기만! 통갈! 회유! 사취! 살육! 강탈!
끝없는 탐욕의 사나운 발톱으로 유린하여 오던
오! 저 악마의 사도들을 몰아낼 때가 왔다

극동의 찬란한 해가 뚜렷한 일장기가
아침 하늘에 빛난다 이글이글 탄다.

- 1941년 12월 13일 <매일신보>-

김기진 친일작품들

1940.2.27 문예시감, 매일신보

1941.11 아세아주의와 김옥균선생, 조광

1942.1.9 국민문학의 출발, 매일신보

1942.1.28 역사적 명령, 매일신보

1942.2.20 신세계의 첫 장(시), 매일신보

1942.2 대동아전송가(시), 조광

1943.8.1 님의 부르심을 받들고(시), 매일신보

1943.11.5 가라 군기 아래로 어버이들을 대신해서(시), 매일신보

1943.11.6 나도 가겠습니다(시), 매일신보

1944.10.4 경산시첩(시), 매일신보

외 다수

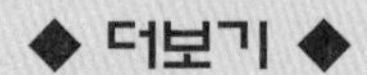

친일파708인 / 친일문학인42인 / 친일인명사전에 대하여...

* 《친일파 708인 명단》은 2002년 2월 28일 대한민국 국회의 민족정기를 세우는 국회의원모임(회장 김희선)이 발표한 명단이다.

* 《친일 문학인 42인 명단》은 2002년 8월 14일 민족문학작가회의, 민족문제연구소, 계간 《실천문학》, 나라와 문화를 생각하는 국회의원 모임, 민족정기를 세우는 국회의원모임(회장 김희선)이 공동 발표한 명단이다.

* 《친일인명사전(親日人名辭典)》은 민간단체인 민족문제연구소가 일제 강점기 친일파 목록을 정리해 2009년 11월 8일에 펴낸 인명사전이다. 민족문제연구소는 친일인명사전편찬위원회의 기준에 따라 선정된 인물들에 대해 "구체적인 반민족행위와 해방 이후 주요 행적 등"을 수록하였다고 밝혔다.

-한국어 위키백과-

광복 두 시간 전까지 친일하던 〈김동인〉

아베 씨 내 좋은 아이디어가 있소
광복 두 시간 전 총독부 학무국
동인이 찾아간 사무실 안 침묵이 흐른다

아 아베 씨 좀 보소
그걸 만듭시다
시국에 공헌할 작가 단을 꾸리자구요

아베
머리 절레절레 흔든 뜻은
이런 쓰레기 같은 조선놈
세상이 어찌 돌아가는지도 모르고
아부하기에 바쁜 조선놈
어서 꺼졌으면 싶었겠지

그리고
두 시간 뒤 조선은 빛을 찾았다
동인이 시국 작가 단 꾸려 줄 생각 하고 있을 때
만주 벌판 북풍한설 속
독립군 있어
나라 찾으매
아!
어찌도 이리 훌륭한 조상이 있는 것이냐!
어찌도 이리 부끄러운 조상이 있는 것이냐!

김동인(金東仁, 1900～1951) 소설가
창씨명 (金東文仁, 곤도후미히토)

"초기 근대문학의 확립과정에서 문단을 주도했던 이광수 류의 계몽적 교훈주의에서 벗어나, 문학의 예술성과 독자성을 바탕으로 한 본격적인 근대문학의 확립에 크게 이바지했다. 본관은 전주. 호는 금동(琴童)·금동인(琴童人)·춘사(春士)" 〈브리태니커〉 사전에 김동인의 소개를 보면 그는 분명 위대한 소설가이다. 18줄에 해당하는 그의 소개 그 어디에고 친일행적에 대한 이야기는 없다. 다만 "일제강점기 민족현실에 대한 비판적 인식이 부족"했다는 모호한 말 1줄이 그의 친일행적에 대한 기록 전부이다.

그러나 김동인은 일제 말기 중일전쟁이 터진 뒤 변절하여 1939년 2월 제 발로 조선총독부 학무국 사회교육과를 찾아가 중국 화북지방에 주둔한 황군(皇軍) 위문사절단 구성을 제안했는데 이것이 받아 들여져 '북지황군 위문 문단사절'로 활동한 바 있으며 이를 기록으로 남기는 등 일제 찬양의 길로 들어선다.

이후 조선총독부가 조종하는 조선문인협회, 조선하이쿠협회, 조선센류협회, 국민시가연맹 등 4개 단체를 통합하여 조선문인보국회로 통합하자 이 단체의 소설희곡부분을 담당하며 문학을 통한 일제찬양을 돈독히 했다.

2002년 공개된 친일 문학인 42인 명단, 2009년 11월 펴낸 민족문제연구소의 〈친일인명사전〉문학 부문에 들어 있다.

김동인 친일 글 한 토막

대동아 전쟁이 발발하자 인제는 내선일체도 문제가 안 되었다. 지금은 다만 일본시민일 따름이다. 한 천황폐하 아래서 생사를 같이하고 영고를 함께할 백성일 뿐이다.... 이미 자란 아이들은 할 수 없지만 아직 어린 자식들에게는 일본과 조선이 별개 존재라는 것을 애당초부터 모르게 하련다. 〈후략〉

- 1942년 1월 23일 〈매일신보, 감격과 전장〉-

김동인 친일작품들

1941.7 백마강(소설), 매일신보

1942.1.23 감격과 전장, 매일신보

1942.2 아부용(소설), 조광

1944.8-12 성암의 길(소설), 조광

1944.1.1-4 총동원태세로, 매일신보

1944.1.16-28 반도민중의 황민화, 매일신보

1944.1.20 일장기 물결, 매일신보

1944.12.10 문화인의 총궐기, 매일신보

1945.3.8 전시생활소감, 매일신보

◆ 더보기 ◆

김동인의 일화 중 웃지 못 할 일은 광복을 앞둔 시각인 1945년 8월 15일 아침에 조선총독부 검열과장 아베 다츠이치를 만난 일이다. 그가 아베에게 "시국에 공헌할 새로운 작가 단을 만들 수 있게 도와 줄 것"을 부탁했는데 이미 정오에 있을 일본의 항복 선언을 알고 있던 아베는 이러한 청탁을 거절할 수밖에 없었다. 민족의 자존심이 구겨지는 대목이라 할 수 있다.

이보다 더 김동인을 구긴 사건이 있다. 아들이 국가에 낸 소송이 그것인데 그의 아들은 소설의 한 부분만

떼어놓고 친일행위라고 단정하는 것은 부당하다"고 주장했다. 소장에서 아들은 "당시 행위에는 적극성이 결여돼 있었다."고 주장했으나 2010년 11월 26일 재판부는 다음과 같이 친일 행위를 인정했다.

"김동인은 1944년 1월 16일부터 1월 28일까지 매일신보에 '반도 민중의 황민화-징병제 실시 수감'을 10회 연재했고, 20일 '일장기 물결-학병 보내는 세기의 감격'이라는 글을 발표했는데 징용을 직접적이고 자극적으로 선전 또는 선동했다. 당시 매일신보는 유일한 우리글 일간지로, 게재 횟수가 11회에 이르는 점 등을 비춰보면 김 씨가 전국적 차원에서 징용을 주도적으로 선전 또는 선동한 것으로 보인다. 소설 〈백마강〉은 일본이 조선과 일본의 내선일체를 주제로 기획한 시국소설인데 김 씨가 '작자의 말' 등을 통해 우리나라와 일본이 역사적으로도 한 나라나 다름없었다는 것을 그리려 한 것으로 보인다."

-한국어 위키백과, 경향신문· 2010/11/26-

성전에 나가 어서 죽으라고 외쳐댄 〈김동환〉

아하 무사히 통과했을까?

이 한밤 펄펄 끓는 가마솥 염라대왕 지켜보는 자리

저승사자 조목조목 읊어댈 때

시라야마 아오키(김동환) 눈 내리깔고 숨죽이네

이승서 친일반역 한 일이 무엇이더냐?

어느 안전이라고 입을 벌리랴만

맹활약 한 일 한둘이 아니어서

그저 망설일뿐이네

조선문인보국회 이사를 먼저 말할거나

국민총력조선연맹 위원을 먼저 말할거나

두만강 탈 없이 건너길 기다리던 마누라

물레 잣던 손 놓고

펄펄 끓는 가마솥 앞 떨고 있는 나

바라보며 눈물지을라

아서라 고백하자 염라대왕님

아이고 아이고 죽을죄를 지었나이다.

*조선문인보국회 : 일제 강점 말기인 1943년 4월에 태평양 전쟁을 후방에서 지원하고자 만든 친일단체로 주요 활동은 각지의 일본군을 위문, 연설회 개최를 통하여 징병과 징용 동원을 선전하는 일이었다.

*국민총력조선연맹: 중일 전쟁이 일어난 이후 전쟁 시국에 대한 협력과 조선 민중에 대한 강력한 통제, 후방 활동의 여러 문제를 처리하고자 조직된 전시 단체 중 규모가 가장 큰 기구.

김동환 (金東煥, 1901~ 월북) 시인
창씨명 (白山青樹, 시라야마 아오키)

“일제강점기 암담한 현실에 놓인 민족의 설움과 고통을 노래했다. 우리나라 최초의 서사시인 〈국경의 밤〉 을 썼다. 아명은 삼룡(三龍), 아호는 파인(巴人).” 〈브리태니커〉 사전 첫 머리에 김동환의 화려한 소개 글이다.

1941년 10월 22일에 ‘조선임전보국단’이라는 이름의 새로운 친일단체가 출범하게 되었는데 이 단체야말로 친일분자들이 총망라된 집단이다. 그 강령을 보면 첫째 황도정신의 선양, 둘째 국민생활 쇄신, 셋째 근로보국, 넷째 국채소화 · 저축여행 · 물자공출 · 생산확충, 다섯째 국방사상 보급과 의용방위 등이 그것이다. 물론 일본제국주의를 위한 강령이다. 조선임전보국단을 만들기 전 김동환은 잡지 ‘삼천리’를 앞세워 적극적으로 친일매국의 선봉에 나섰는데 1941년 8월 임전체제하의 자발적인 황민화운동의 실천방안으로 물자와 노무공출의 철저 · 강화책, 국민생활의 최저 표준화운동 방책, 전시봉공의 의용화방책 등을 내세워, 이에 대한 협의라는 명분 아래 각계의 유력인사 198명에게 안내장을 발송하였다. 이 안내장을 바탕으로 8월 25일 임전대책협의회가 발족하였으며 이것이 훗날 친일매국의 본거지인 조선임전보국단으로 개편되었고, 보국단의 가장 핵심적 자리에 김동환이 있었다.

2002년 발표된 친일파 708인 명단, 2002년 공개된 친일 문학인 42인 명단, 2009년 11월 펴낸 민족문제연구소의 〈친일인명사전〉 문학 부문에 모두 들어 있다.

김동환 친일시 한 편

총 1억 자루 나아간다

아 총끝이 닿는 곳 진주만이요, 보르네오요, 적도 밑이며 / 이 총소리 들리는 곳 비율빈이요, 포왜, 인도사람의 귀라 / 강적 영미의 심장 찌르려한다 / 그 총자루 5억인가 10억인가 /..../ 일본이여, 일본이여, 나의 조국 일본이여 / 어머니여, 어머니여 아세아의 어머니 일본이여 / 주린아이 배고파서, 벗은 아이 추워서 / 젖 달라고, 옷 달라고 10억의 아이 우나이다― 우나이다

-'영미장송곡' 매일신보 1942.1.13 -

김동환 친일작품들

1939.12 일천 병사의 삶(시), 삼천리

1940.7 탄환과 펜의 인연, 삼천리

1941.2.24-27 문화부대의 신궁공역봉사기, 매일신보

1941.9.18 건국영웅과 문화, 매일신보

1941.11 임전보국단 결성에 제하여, 삼천리

1942.1.10 비율빈 하늘 위에 일장기, 매일신보

1942.1.12 대전과 반도아동(시), 매일신보

1942.3.9 오호 태평양 상의 군신(시), 매일신보

1943.8.7 님의 부르심을 받들고서(시), 매일신보

1944.1.6 적국 항복 받고지고(시), 매일신보

외 다수

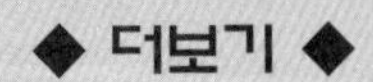

아버지의 친일 행위를 사죄합니다.

-3남 김영식 씨-

2002년 8월 17일 자 오마이뉴스에는 김동환의 3남

인 김영식 씨의 '부친의 친일 죄과 민족 앞에 사죄'라는 기사가 있다. 아버지의 친일 행위 인정이 부당하다고 국가에 소송을 거는 자손이 있는가 하면 친일 대가로 얻은 땅을 되찾고자 소송을 거는 후손들 소식이 잇따르고 가운데 나온 "아버지의 친일에 대한 사죄"는 그래서 신선하다. 일부 인용 부분을 보자.

-지난 14일 민족문학작가회의 등에서 친일문인 42인의 명단과 작품목록을 공개했다. 그 속에 선친의 명단도 포함돼 있는데 심경이 어떤가!-

'새로운 사실도 아니고 이미 나 자신이 수용한 내용이어서 담담하게 받아들였다. 그날 제시된 아버지의 친일작품은 40여 건으로 내가 찾아낸 52건에도 미치지 않은 숫자이다. 아버지는 반민특위 재판부에서 실정법(반민법)으로 처벌을 받은 인물로 죄상을 두고는 왈가왈부할 것이 전연 없다. 나 자신이 공개석상에서 부친의 친일행위를 사죄한 것도 바로 이 때문이다. 아버지는 신문기자, 가곡작사자로서 공(功)이 크지만 문인, 잡지인, 출판인으로서의 행적에는 분명히 문제가 있다.

-부친을 대신해 사죄를 했을 때 주위의 반응은 어땠나? 혹 쓸데없는 짓을 했다고 비난하는 사람은 없었나? -

"나를 잘 알고 아껴주시는 어떤 대학교수 한 분이 그런 일을 왜 했느냐고 따지듯이 말한 적이 있다. 그분은 나의 사죄가 좋지 않은 선례가 될 수 있다. 꼭 그렇게 해야 되는 거냐고 지적하기도 했다. 친일파에 대한 잣대 자체가 분명하게 서 있지 않은 상태에서 다른 사람에게 오해를 받을 수 있다는 것이었다. 그러나 나는 부친이 실정법으로 처벌을 받은 사람이기 때문에 거기에 관해서 아무런 이의가 없다고 봤다."

- 정운현, 최유진. "부친의 '친일 죄과' 민족 앞에 사죄" - [인터뷰] '친일문인' 파인 김동환 3남 김영식 씨",
《오마이뉴스》, 2002년 8월 17일

꽃돼지(花豚)의 노래
<김문집>

너 조선과 일본
한 몸 되어 얼싸 안고 춤추어보자
미나미지로와 하나 된 조국
무한한 꽃돼지의 행복

내지인보다 반도인들
쇼와 천황에 황송한 환대 받아
백골이 난망해도 모자랄 충성해야 한다고

아쿠타가와 류노스케 식으로
오에 류노스케 이름 짓고
일본어로 말하고
일본어로 꿈꾸라고

그것도 모자라

끝내 조선을 버리고

일본을 조국으로 삼았으니

장하다 꽃돼지

화돈(花豚)이여

오에 류노스케여 !

*아쿠타가와 류노스케(芥川龍之介, 1892 ~ 1927) 일본 근대 소설가로 〈라쇼몽〉 등의 작품이 있다.

김문집(金文輯, 1907~?, 1941 일본으로 건너가 귀화)
창씨명 大江龍之介(오에 류노스케) 호, 화돈(花豚)

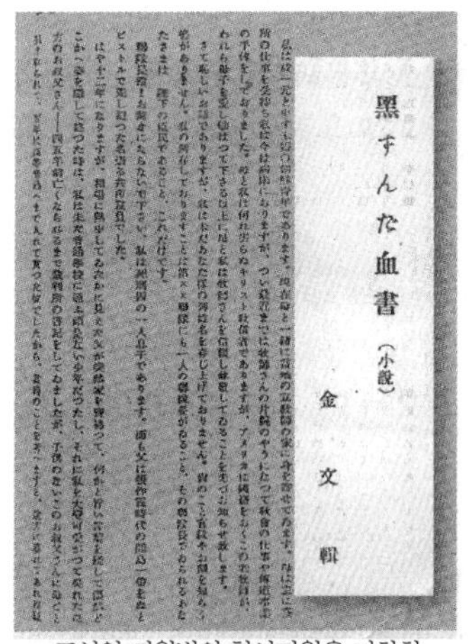
黑すんだ血書 (小說)
金文輯

조선인 지원병의 혈서지원을 미화한 김문집의 글. 총동원1939년 10월호

"뚜렷한 비평이론 없이 직감과 정열에 의한 현란한 인용과 비유를 통한 글을 많이 썼다. 일본에서 중·고등학교를 거쳐 도쿄제국대학 문과를 중퇴했다. 일본의 신감각파 소설가인 요코미쓰 리이치[橫光利一] 밑에서 소설을 공부하다가 1935년 귀국했다. 〈비평예술론〉에서는 "가치의 창조가 작가의 생명이라면 가치의 재창조가 비평의 혈혼이다."고 하면서 비평이 제2의 창작이라고 내세웠다. 그러나 실제 비평에서는 당시의 주요작가를 닥치는 대로 깎아내리고 우롱했다."고 〈브리태니커〉사전에서는 김문집을 소개하고 있다.

그의 친일은 1939년 3월 미나미지로 총독을 찾아가면서부터 비롯된다. 이해 9월부터 1940년 4월까지 국민정신 총동원 조선연맹 사무국에서 촉탁으로 일했으며 이후 문인 협회 간사로 활동했다.

2002년 발표된 친일파 708인 명단, 2002년 공개된 친일 문학인 42인 명단, 2009년 11월 펴낸 민족문제연구소의 〈친일인명사전〉문학 부문에 모두 들어있다.

김문집 친일 글 한 토막

"내선일체란 말은 쉽게 말하면 내지인(일본인)과 조선인은 옛날 그 문화와 피가 공통된 민족이었으나 지금 다시 옛날과 같이 한 몸으로 돌아가서 서로 행복하게 살자는 말인데 우리가 한갓 이 말의 떳떳함을 인정하고 그 목적을 이루기 위해서는 금일 우리의 모든 단점과 약점을 청산해 버리고 좋은 점과 미점을 배양하는 동시에 내지인의 모든 좋은 점을 본떠서 우리의 인간가치와 문화가치를 내지인의 그것과 동등하게 만들지 않고는 바랄 수 없는 것입니다. 이러한 견지에서 조선 여인은 가정부인이고 소위 신여성이고를 물론하고 그 모자라는 부덕을 일본 내지의 부덕에서 배워 얻어서 보태지 않으면 안 되겠습니다…〈후략〉

-1939년 9월호 〈가정의 벗, 家庭の友〉, 조선부녀에게 고함 -

김문집 친일작품들

1938.10 신문화주의적 문화비평, 삼천리

1939.3 조선문단인에게, 경성일보

1939.6 애국에의 진통, 경성일보

1939.7.16 축하할 죽음, 국민신보

1939.7 육탄적 계기, 삼천리

1939.8 백인의 정체, 매일신보

1939.9.23-28 일본문화의 특수성, 매일신보

1939.9 조선민족의 발전적 해소론 서설, 조광

1939.9 조선부녀사회에 고함, 가정의 벗

1939.10 거무스름해진 혈서, 총동원

1940.3 씨설정을 주제로, 총동원

왜 친일했냐 건 그냥 웃는 <김상용>

왜 친일 했냐건
그냥 웃지요

1939년 내선일체 구현 위한
조선문인협회 발기인 대회
왜 갔냐 건 웃지요

싱가폴 함락의 쾌보에
넘치는 희열
따스한 남으로 창을 내고
대자연 호흡하며
노래하던 꾀꼬리

1939년 중국 땅 충칭
밥 빌어 아들 옥바라지 하던

백범 어머니 하늘로 돌아가시고
이듬해 치장에서
독립투사 이동녕 장례 치르던 날

아름다운 꽃밭에 물을 주며
자연과 노닐던
나약한 나비
누가 별 헤는 밤의 동주처럼 살라 했나

무쇠 호미 들고
박주 한 잔 마시며
남으로 창을 내어
봄바람 들이면 되었지

후세 글쟁이들
망우리 무덤 찾아
큰 돌비석 아니라고 투정하지 마소.

김상용 (金尙鎔 1902~1951) 시인
호, 월파(月波)

김상용은 1939년 시집 '망향'을 펴냈는데 그해 10월 '국민문학'의 건설과 '내선일체'의 구현을 위해 조직된 친일단체 조선문인협회 발기인으로 참여한다. 1941년 9월 일제의 침략전쟁에 협력하기 위해 조직된 전시체제기 최대 매국단체인 조선임전보국단의 발기인으로 참여했다. 또 1942년 5월 조선총독부 경무국이 연예단체를 하나로 만들어 통제하기 위해 조선연예인협회를 조직하고 연예 각본을 모집할 때 심사위원으로 활약하였다. 일제의 입맛에 맞는 시나리오를 우수작으로 뽑았을 것임은 두 말할 필요도 없다.

또한 1942년 2월 15일부터 〈매일신보〉가 싱가폴 함락과 문화인의 감격이란 주제로 명사들의 글을 연재할 때 '성업의 기초완성'이란 글을 통해 "해방의 성업이 오늘로 절반을 이룬 것이다. 여기 싱가폴 함락의 쾌보를 듣는 나의 희열이 넘친다."는 글로써 일제를 찬양했다.

2002년 공개된 친일 문학인 42인 명단, 2009년 11월 펴낸 민족문제연구소의 〈친일인명사전〉문학 부문에 들어있다.

김상용 친일시 한 편

님의 부르심을 받들고

물결 깨어지는 절벽 이마 위
가슴 헤치고 서서 해천(海天) 향해 휘파람 부는 듯
오랜 구원 이룬 이날의 기쁨이여!
말 위에 칼을 들고 방가(邦歌)의 간성(干城)됨이
장부의 자랑이거늘 이제 불리니
젊은이들아 너와 나의 더 큰 광영이 무어랴
나아가는 너희들 대오에 지축이 울리고
복락의 피안으로 깃발은 날린다
....
충(忠)에 죽고 의(義)에 살은 열사의 희원
피로 네 이름 저 창공에 새겨
그 꽃다움 천천만대에 전하여라

- 1943년 8월 4일 〈매일신보〉-

김상용 친일작품들

1942.1.27 영혼의 정화, 매일신보

1942.2 땅의 기쁨, 반도의 빛

1942.2.19 성업의 기초 완성, 매일신보

1943.8.4 님의 부르심을 받들고서, 매일신보

뚜들겨라 부숴라 양키를!
〈김안서〉

평북 정주 부잣집 아들
일본 명문 게이오의숙 시절만 해도 피 끓던 젊은이
1939년 조선총독부와 가까워지면서
그의 발자국 뒤틀어졌네!

그를 따르던 많은
시 쓰던 이들
평론하던 이들
오늘날도 갈팡질팡
중심 못 잡고
그가 김소월을 키웠다느니
그가 프랑스 상징시를 처음 소개했다느니
투르게네프의 시를 번역했다느니
화려한 분칠뿐이네!

그러나 그는

'뚜들겨라. 부숴라 정의의 師여!'를 외친 사람이었지

노란 머리 까불대는

양키를 쳐부수고

천황을 위하자고

부르짖었지

정의를 빙자하여.

김안서 (金岸曙, 1896 ~ 월북) 시인 · 문학평론가
필명 김억(金億), 본명 김희권(金熙權)

"1910년대부터 프랑스 상징파의 시 등 외국시를 번역 · 소개하여 근대문학 형성에 이바지했다." 〈브리태니커〉사전에는 비교적 자세한 김안서의 삶이 소개되고 있는데 그의 친일 행적은 단 1줄도 없다. 그의 '선구자적 문학 활동'은 〈브리태니커〉사전을 참고하면 될 것이므로 여기서는 그의 친일 시 한편과 행적만 간단히 소개한다.

김안서는 1937년 9월 경성일보사가 주최한 '애국가요대회의 밤'에 참가 하면서 일제침략 전쟁을 찬양하기 시작했다. 이후 '종군간호부의 노래'를 통해 여성의 전쟁 참여를 부추겼으며 '정의의 사(師)여', '정의의 행진' 등을 통해 미 · 영국에 대한 적개심과 침략 전쟁의 정당성을 고취 시키는데 한 몫을 했다. 1944년 12월 7일 '님 따라 나서자'에서 조선의 젊은이들이 침략 전쟁에 나가 희생 할 것을 선동하는 등 태평양 전쟁 말기 최후의 발악을 하던 일제를 위해 지식인으로서 든든한 버팀목 역할을 마다하지 않은 문학인이다.

2002년 공개된 친일 문학인 42인 명단, 2009년 11월 펴낸 민족문제연구소의 〈친일인명사전〉문학 부문에 들어있다.

김안서 친일시 한 편

뚜들겨라 부숴라 정의의 師여!

저 양키 이 쟈크를 그저 둘 것가 / 심장을 돌고 돌며 펄펄끓는 피 / 두고두고 몇몇해 별러 왔던고 / 불뚝 불뚝 의분에 터지려는 밤 / 이 이상 참을 길을 하마 있으랴 / 대동아 같은 민족 손을 잡고서 / 공존공영 큰 길을 고이 밟으며 / 즐거운 꽃동산을 지으려 하건 / 이 악덕아 무어라 이간질이냐 / 뚜들겨라 부숴라 정의의 師여 / 저 양키 이 쟈크야 칼을 받으라 / 적악(積惡)이 저 하늘에 가득 찼거니 / 정의의 칼 그 어이 잠잠 할거랴 / 까불대는 너희들 노란머리에 / 병력인양 내리는 엄숙한 처벌 / 생각하면 모두 다 자승자박의 / 뉘우친들 이제야 미칠 것이랴

- 1941. 12. 25 〈매일신보〉 -

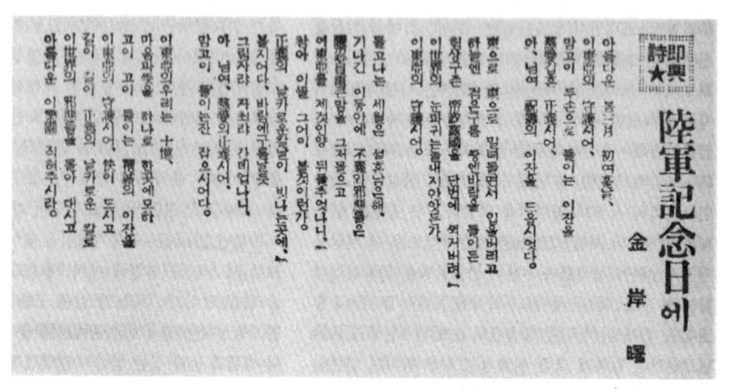

即興詩★

陸軍記念日에

金岸曙

아름다운 봄三月 初여흘날,
이東亞의 [illegible]시어,
맘고이 두손으로 [illegible]이는 이잔을
[illegible] 正[illegible]시어,
아, 넘여 [illegible]의 이잔을 드옵시어다.
[illegible]으로 [illegible]으로 밀[illegible]면서 입[illegible]버리고
한[illegible]엔 검은구름 [illegible]바람을 [illegible]이든
험상구즌 [illegible]을 단번에 꺼거버려!
이世界의 눈파귀는[illegible]지아앗든가,
이東亞의 [illegible]시어.
들고나는 세월은 [illegible],
기나긴 이동안에 不義의[illegible]은
[illegible]말을 그저몰으고
어[illegible]를 제것인양 뒤[illegible]었나니!
하아 이말 그어이 [illegible]이런가.
正義의 날카로운[illegible]이 빛나는곳에!
불지어다, 바람에구름날듯
그림자라 자최라 가데없나니,
아 넘여, [illegible]의正[illegible]시어,
맘고이 [illegible]이는잔 잡으시어다.
이東亞의우리는 十億,
마음파뜻을 하나로 한곳에모하
고이 고이 [illegible]이는 [illegible]의 이잔을
이東亞의 [illegible]시어, [illegible]이 드시고
길이 [illegible]이 正義의 날카로운 칼로
이世界의 [illegible]을 쫓아 대시고
아름다운 이[illegible] 직혀주시랑.

김안서의 시 〈육군기념일에〉 매일신보 1942년 3월10일

김안서 친일작품들

1939.1.4-6 신춘문단의 전망, 매일신보

1940.11.30 국가와 개인, 매일신보

1941 12.25 뚜들겨라 부숴라(시), 매일신보

1942.3.10 육군기념일에(시), 매일신보

1942.3. 씽가포어뿐이랴(시, 싱가폴뿐이랴), 춘추

1942. 5. 일본육군비행대장 가토를 위한 노래, 반도의 빛

1943.6.6 아아 야마모토 원수(시), 매일신보

1944.1.4 신년송(시), 매일신보

1944.12.7 님 따라 나서자(시), 매일신보

황국신민의 애국자가 되고 싶은 〈김용제〉

펜을 들어 대 아세아 인으로
펄펄 날던 청년
원하는 대로
꿈꾸는 대로
아세아를 넘나들던 너의 대지 위에
2천만 피눈물로
친일꽃 피우리니

동쪽 탑 위에 높이 솟은
일장기 우러러
멸사봉공 내선일체 합장

불타오르는
아세아 청년 가네무라 류우사이(김용제)
동양평화 그 누가 막을 손가
낡은 울타리 훨훨 불태워

아세아를 비춰라
네 조국
일본을 비춰라.

김용제 (金龍濟, 1909 ~1994) 시인, 동양지광사 편집부장
창씨명 (金村龍濟, 가네무라 류우사이) 호, 지촌(知村)

노동생활을 체험하면서 프롤레타리아 시운동을 전개했다. 일본 주오대학[中央大學] 중퇴. 1931년 일본어로 쓴 시 〈사랑하는 대륙〉을 일본 잡지 〈나프〉에 발표하여 문단에 나왔다. 1938년 7월 대동아공영권 수립을 위해 이시하라 간지가 주도한 군국주의 단체의 동아연맹 간사를 맡았다. 1939년 6월 내선일체를 위한 문화단체인 국민문화연구소 이사 겸 출판부장을 맡았고 6월 30일에는 부민관에서 조선총독부 도서과 주최로 열린 문인 · 출판업자간담회에 참석하는 등 친일단체 활동에 적극적으로 가담했다. 1942년 일본어시집 〈아세아시집〉을 발간하였는데 이 시집에서 침략전쟁과 대동아 공영권을 찬양 고무했다.

2002년 발표된 친일파 708인 명단, 2002년 공개된 친일 문학인 42인 명단, 2009년 11월 펴낸 민족문제연구소의 〈친일인명사전〉 문학부문에 모두 들어있다.

김용제 친일시 한 편

아세아의 시

나는 아세아의 부흥을 위해 싸우고 싶다
동시에 새로운 아세아 정신을 조용히 창조하고 싶다
나는 일본국민의 애국자로서 일을 하고 싶다
동시에 새로운 일본정신을 배우고 싶다
나는 조선민중의 참다운 행복을 위하여 일하고 싶다
동시에 그리운 자장가를 순진하게 노래하고 싶다
거기에 나는 감정의 모순을 조금도 느끼지는 않는다
거기에는 아름다운 아세아적인 조화가 있을 뿐이다

- 1939년 3월 〈동양지광〉 -

김용제 친일작품들

1939.3 전쟁문학의 전망, 동양지광
1939.4 민족적 감정의 내적 청산, 동양지광
1939.4.9 황군위문문사부대, 매일신보
1939.6 조선문화운동의 당면 임무, 동양지광

1939.8 싸우는 문화이념, 녹기

1940.1 전장의 미, 인문평론

1942.3.19-21 창작론의 전진과제, 매일신보

1943.7.20 위대한 전사(시), 경성일보

1943.11.9 나는 울었다(시), 매일신보

1944.9 학도동원(시), 동양지광

외 다수

님의 부르심을 받드는 여인
<노천명>

칼바람 불던 어느 겨울 밤
긴 모가지로 사방 살피며
문 잠그고 김광진과 달콤한 밤을 보낼 때
그때

일송정 선구자들
북간도 벌판에서
왜놈 총칼에 죽어 가던 날
그날

"우리들이 내놓는 정다운 손길을 잡아라
젖과 꿀이 흐르는 이 땅에
일장기가 나부끼고 있는 한
너희는 평화스러우리 영원히 자유스러우리"
노래하며

황군의 딸 되어
소화 천황 만수무강 빌던
그날

인쇄소 윤전기는
"그 처참하든 대포소리 이제 끝나고 공중엔
일장기의 비행기 햇살에 은빛으로 빛나는 아침
남양의 섬들아 만세를 불러 평화를 받어라"
찍어 내었지
바쁘게

원치 않던 해방이여!
지겨운 조선이여!
NO천명은 그리 생각했겠지
일제 찬양으로 챙긴 이름 석 자
NO천명
NO천명

노천명 (盧天命, 1912 ~ 1957) 시인

노천명은 해방되기 몇 달 전 1945년 2월25일 시집 〈창변〉 을 펴내고 성대한 출판기념회를 열었다. 이 시집 끝에는 9편의 친일시가 실려 있었는데 그해 해방이 되자 그녀는 이 시집에서 뒷부분의 친일 시 부분만을 뜯어내고 그대로 팔았다. 그러나 원형 상태로 판매된 것은 회수가 어려

징병제 실시 '님의 부르심을 받고서' 매일신보 1943.8.5

웠다. 원광대 한국어문학부 김재용 교수는 말한다. '그동안 친일 문학이 제대로 규명되지 않았던 것은 자료가 없고 시간이 너무 지났기 때문이 아니라 관심이 부족했던 까닭이다. 친일 진상 규명 여부는 시간이 아니라 인식의 문제이다.'라고. 그녀가 태평양 전쟁 중에 쓴 작품 중 〈군신송〉 등은 전쟁을 찬양하고, 전사자들을 칭송하는 선동적이고 정치적인 시들로 평가 받고 있으며 이 시기에 비슷한 주제의 시를 쓴 모윤숙과 함께 여류 문인 중 가장 노골적인 친일파로 분류되고 있다.

2002년 발표된 친일파 708인 명단, 2002년 공개된 친일 문학인 42인 명단, 2009년 11월 펴낸 민족문제연구소의 〈친일인명사전〉문학 부문에 모두 들어있다.

노천명 친일시 한 편

님의 부르심을 받들고서

남아라면 군복에 총을 메고
나라 위해 전장에 나감이 소원이리니
이 영광의 날

나도 사나이였드면 나도 사나이였드면
귀한 부르심 입는 것을
갑옷 떨쳐입고 머리에 투구 쓰고
창검을 휘두르며 싸움터로 나감이
남아의 장쾌한 기상이어든

이제
아세아의 큰 운명을 걸고
우리의 숙원을 뿜으며
저 영미(英美)를 치는 마당에랴

영문(營門)으로 들라는 우렁찬 나팔소리
오랜만에
이 강산 골짜구니와 마을 구석구석을
흥분 속에 흔드네

노천명 친일작품들

1941. 1 젊은이에게, 삼천리

1941.12 전쟁은 이제부터 본격시작-동양의 평화를 지키자, 매일신보

1942.2.19 싱가폴 함락(시), 매일신보

1942.2.28 진혼가(시), 매일신보

1942.3.4 부인근로대(시), 매일신보

1942.3 전승의 날(시), 조광

1942.12.8 흰 비둘기를 날려라(시), 매일신보

1943.8.5 님의 부르심을 받들고서(시), 매일신보

1943.11.10 출정하는 동생에게, 매일신보

1944.12 마쓰이오장 송가, 매일신보

외 다수

국군은 죽어 침묵하고 그녀는 살아 말한다 〈모윤숙〉

광화문 삼겹살집에서
김 시인을 만났지
몹시 더운 날 부담되던 돼지고기에
술 한 잔이 돌자
김 시인은 모윤숙 시를 줄줄 외워나갔지

"내 손에는 범 치 못할 총대 내 머리엔 깨지지 않을 철모
가 씌워져
원수와 싸우기에 한 번도 비겁하지 않았노라
그보다도 내 피 속엔 더 강한 혼이 소리쳐
나는 달리었노라. 산과 골짜기 무덤과 가시 숲을
이순신(李舜臣) 같이, 나폴레옹같이, 시저같이
조국의 위험을 막기 위해 밤낮으로 앞으로 앞으로 진격!
진격!
원수를 밀어 가며 싸웠노라"

국군은 죽어서 입 다물고

소주도 시어빠진 밤
김 시인 혼자 모윤숙 추켜세우느라 신이 났었지

하루라도 천황을 노래하지 않으면
입에 가시가 돋던 그 입으로
다시 부른 노래 '국군은 죽어서 말한다'

이 땅의 시인들 모두 죽고
이화여전 나온 모윤숙과
광화문 삼겹살집 김 시인만 살아 있던 밤

대한민국예술원상
국민훈장모란장
3 · 1문화상에 빛나는 시인이여!
천황의 맏딸 모 시인이여!

모윤숙(毛允淑, 1910~ 1990) 시인

"한국의 대표적인 여성시인 가운데 한 사람으로, 문학은 물론 정치 · 외교 · 여성운동 분야에서 활발한 활동을 했다. 호는 영운(嶺雲)." 〈브리태니커〉사전에 나오는 모윤숙 소개 글 첫머리다. 순진한 사람들은 이 소개 글을 통해 무엇을 느낄까?

그의 친일은 이미 세상에 널려 알려져 있어 아는 사람은 다 안다. 그러나 1941년 친일단체인 '조선임전보국단'에 들어가 반미(反美) 정신에 투철한 자세로 "미국의 단물 쵸코렛을 빠는 더러운 조선인이 되지 말기를 빌던" 그녀의 섬세한 감정이 해방이 되자 이승만 정권하에서 놀랍게도 미국 특사로 뽑혀 양키 쵸코렛 단물을 빨러 미국으로 떠나는 것을 기억하는 사람은 적다. 그리고는 호들갑을 떤다. "세상이 미국중심으로 돌아서니 조선이여 어서 양키의 옷자락을 잡으라"고 난리굿을 쳐대며 시를 쓰고 강연을 한다. 얼마 전 까지 미제 앞잡이들을 물리치는 태평양전쟁에 조선 청년들은 몸을 사리지 말라는 '지원병 노래'를 시로 지어 부르던 그 입으로 "영어를 배우고 양키를 따라야 한다."라고 돌아 섰던 것은 조선 민중의 자존심을 두 번 구기는 일이다. 태평양 전쟁 중 각종 친일 단체에 가입하여 강연과

저술 활동으로 전쟁에 협력했으며 각종 친일단체인 조선문인협회, 임전대책협의회, 조선교화단체연합회, 조선임전보국단, 국민의용대에 간부로 활동하였고 《매일신보》 등에 친일 논설과 글을 기고해 일제를 찬양했다.

2002년 발표된 친일파 708인 명단, 2002년 공개된 친일 문학인 42인 명단, 2009년 11월 펴낸 민족문제연구소의 〈친일인명사전〉문학부문에 모두 들어있다.

모윤숙 친일시 한 편

志願兵(지원병)에게

눈부신 山모퉁이 밝은 숲속 찬 기운 떠오는 하늘밑으로 가을 떨기를 헷치며 들어갔노라.

기슭을 후리고 지나가는 억센 발자욱 몸과 몸의 뜨거운 움직임들 칼빛은 太陽아래 번개를 아로 삭여 힘과 열의 동산안에 내맘은 뛰놉니다.

눈은 하늘을 쏘고 그 가슴은 탄환을 물리처 大東洋의 큰 理想 두팔 안에 꽉 품고 달리여 큰숨 뿜는 正義의勇士 그대들은 이땅의 光明입니다. 大和魂 억센 앞날 永劫으로 빛내일 그대들 이나라의 앞잽이 길손 피와 살 아낌없이 내여 바칠 半島의男兒 希望의 花冠입니다.

가난헌 이몸이 무엇을 바치리까? 황홀한 창검이나 금은의 장식도 그대앞에 디림없이 그저 지냅니다 오로지 끓는 피 한 목음을 축여보태옵니다. 지난날 이 눈 가에 기뜨렸던 어둠을 내 오늘 그대들의 우렁찬 웨침 앞에 다- 맑게 씻고 새季節 뫼옵니다 다- 맑게 씻고 새노래 부릅니다.

-삼천리 13권 제1호, 1941년 1월1일-

志願兵에게

毛允淑

눈부신 山모롱이
맑은 솔숲
힘찬 기운 떠오는 하늘빛으로
가슴 맥기둥 헤치며 돌어갔노라.

기슭을 후려고 지나가는
억센 발자욱
물과 뭍의 뜨거운 숨지임을
잡빛은 太陽아래 빈개를 아로사겨
힘과 열의 공산안에 내맡은 뭐늡니다.

높은 하늘을 氣고 그가슴은 한환을 물미쳐
大東洋의 큰理想 부광안에 싹 좋고
닻벼어 큰숲 뿜는 正義의 勇士
그대들은 이땅의 光明입니다.

大和魂 억센 삶날 永劫으로 빛내일
그대들 이나라의 앞잽이, 길손
피와 살 아낌없이 내여바칠
半島의男兒 希望의 花冠입니다.

가난한 이몸이 무엇을 바치리까?
황홀한 창검이나 금은의 장식도
그대앞에 디림없이 그저 지냅니다
오로지 끓는피 한 목음을 축여보태옵니다.

지난날 이눈ㅅ가에 기뜨렸던 어둠을
내 오늘 그대들의 우렁찬 웨침앞에
다-맑게 씻고 새季節 뫼옵니다
다-맑게 씻고 새노래 부릅니다.

일제의 총동원 정책에 적극 협력한 시 〈지원병에게〉 삼천리 1941년 1월호

모윤숙 친일작품들

1941.1 지원병에게, 삼천리

1941.12. 누구나 총을 멘 각오, 매일신보

1941.12 직장에 진출-여성도 생산 확충으로, 매일신보

1942.3 어머니의 힘, 매일신보

1942.1 동방의 여인들, 신시대

1942 억울하였다, 국민문학

1943.5 아가야 너는-해군기념일을 맞아, 매일신보

1943.6 해군의 아들, 춘추

1943.12 어린날개-히로오카 소년 항공병에게

1943.8 반도부인의 결전의식 재촉, 경성일보

1944.9 싸우는 반도사정 소개, 매일신보

외 다수

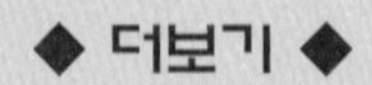

천황의 딸에서 양키의 딸로 변신하는 대한의 여장부(?) 모윤숙

모윤숙은 광복 후 미군정 치하에서부터 이승만과

밀착하여 단독 정부 수립에 협력하였다. 또 모윤숙은 크리슈나 메논 유엔한국위원장이 남한에서만 선거를 반대하던 것을 미인계를 이용해 1948년 3월 12일 표결에서 남한의 독자적 선거안에 찬성표를 던지게 한 것으로 알려졌다.

한국 전쟁 발발 후 조선인민군이 서울을 점령했을 때, "모윤숙을 즉결처형하고 시신은 탱크에 매달고 다녔다"는 소문이 나돌았을 만큼 우익 문단에서도 대표적인 이승만 계열 인물이었다. 모윤숙은 조선민주주의인민공화국 점령 석 달 동안의 체험을 극도로 부정적인 입장에서 기억하고 묘사했는데, 이와 같은 관점은 오랫동안 남한에서 한국 전쟁을 바라보는 시각의 주류를 이루고 남한의 공식 입장을 대변했다.

한국 전쟁 중에 그는 낙랑클럽을 이끌고 고위 미국인들을 상대로 로비를 하였는데, 모윤숙은 나라를 위해서 스스로 논개가 되었다고 말했다. 이때 접대한 사람은 델레스 미 국무장관, 리지웨이, 콜터, 밴프리트 장군과 무쵸 대사 등이었다. 그는 후일에 "김활란 박사가 외국인과의 대화하는 매너와 에티켓을 지도했고

서툴지만 사교댄스도 추었으며 때론 미인계도 썼지 뭐"라고 말하기도 하였다.

대한민국 국군이 서울을 수복하고 나서 선무 방송에 참여해 종군하였고, 이후로도 화려한 경력을 쌓았다. 국제펜클럽 한국본부 회장과 제8대 국회의원을 역임했고, 국민훈장모란장, 3·1문화상 등을 받았으며 제5공화국에서는 문학진흥재단 이사장을 지냈다. 1991년 금관 문화훈장이 추서되었다.

-한국어 위키백과-

오장마쓰이를 위한 사모곡
〈서정주〉

인제는 돌아와 거울 앞에 선
무정한 오라비

거기 그 거울 속
오래전부터 누님 함초롬히 앉아 계실 때
동백기름 사들고 찾아 간적 없는
매정한 오라비

오장마쓰이 송가로
호주머니 두둑히 엔화 받아 들고
물오른 걸음 할 때

인자한 내 누님
일본군 총칼 앞에 치마 들리고
큐슈 치쿠호 탄광 벽에
'배가 고프다 / 내 고향 경북 상주 / 엄니가 보고 싶다'
쓰던 막내 동생 죽어 갔었지

위대한 민족시인
사인 받으러
무심한 이 땅의 시인들
남현동 드나들 때

무정한 오라비
해방된 조국에서 홀로 기뻐
두환이 생일 축시 지어
케이크에 얹었다지

그해 가을
서리조차 서둘러 내려
모든 알곡들 일찍 시들었다지.

서정주(徐廷柱, 1915~2000)

창씨명 達城靜雄(다츠시로 시즈오) 호, 미당(未堂)

"일본이 그렇게 쉽게 질 줄 몰랐다" 꿈에도 그리던 조국 광복에 대해 서정주는 그렇게 말했다. 그의 '조선인식'을 잘 말해주는 대목이다. "서정주는 일제 말기, 일제에 대한 찬양과 황국신민화 정책 선전에 그의 문학적 재능을 발휘하는데 열과 성을 다하였으며 목숨을 걸고 일제와 항쟁하며 고난에 찬 가시밭길 속에서 산화했던 여러 의사들과 열사, 지사들과는 달리, 개인의 영달과 출세를 위해 조국을 배신하고 민족을 파는 친일, 매국행위를 했다."는 비판을 받고 있다.

또 그는 조선 청년들에게 일본을 위한 전쟁에 나가서 싸우다 죽는 것은 일본 왕이 반도인에게 부여한 크나큰 영광이라 강변하고, 일본 군대를 따라 종군 기사를 쓰는 일을 무척이나 영광스럽게 생각했던 인물이란 비판도 받고 있다. 해방 이후, 민족반역자 처벌보다 그들을 비호하고 자신의 정치기반 확대에 이용코자 민족반역자들의 대부노릇을 한 이승만에 의하여 일제잔당 세력들은 민족반역행위에 대한 처벌대신 면죄부를 받음과 동시에 일제강점시 닦은 지위와 재력을 이용, 더 높은 직책과 더 큰 명예와 더 많은 부를 얻게 되었음은 역사적 사실이다"라고 〈한국어 위키백과〉는 그에 대해 설명한다.

2002년 발표된 친일파 708인 명단, 2002년 공개된 친일 문학인 42인 명단, 2009년 11월 펴낸 민족문제연구소의 〈친일인명사전〉문학 부문에 모두 들어있다.

서정주 친일시 한 편

오장마쓰이(松井伍長) 송가(頌歌)

그대는 우리의 오장(伍長) 우리의 자랑
그대는 조선 경기도 개성 사람
인씨(印氏)의 둘째 아들 스물한 살 먹은 사내
마쓰이 히데오!
그대는 우리의 가미가제 특별공격대원
정국대원(靖國隊員)
정국대원의 푸른 영혼은
살아서 벌써 우리 게로 왔느니
우리 숨 쉬는 이 나라의 하늘 위에 조용히 조용히 돌아
왔느니

우리의 동포들이 밤과 낮으로
정성껏 만들어 보낸 비행기 한 채에
그대, 몸을 실어 날았다간 내리는 곳
소리 있이 벌이는 고운 꽃처럼
오히려 기쁜 몸짓 하며 내리는 곳
쪼각쪼각 부서지는 산더미 같은 미국 군함! (이하 생략)

*정국대원(靖國隊員):도쿄에 있는 야스쿠니신사에 신으로 받들어 진다는 뜻으로 죽음을 찬양하는 말

서정주 친일작품들

1942.7.13-17 시의 이야기, 매일신보
1943.10 징병적령기의 아들을 둔 조선의 어머니에게, 춘추
1943.9.1-10 인보의 정신, 매일신보
1943.10 스무살된 벗에게, 조광
1943.10 항공일에(시), 국민문학
1943.11 최체부의 군속지원(소설), 조광
1943.11.16 헌시(시), 매일신보
1943.11 경성사단 대연습 종군기, 춘추

1943.12 보도행, 조광

1944.8 무제(시), 국민문학

1944.12.9 송정오장송가(시),매일신보

외 다수

◆ 더보기 ◆

전두환 대통령 각하 56회 탄신일에 드리는 송시

처음으로

한강을 넓고 깊고 또 맑게 만드신 이여
이 나라 역사의 흐름도 그렇게만 하신이여
이 겨레의 영원한 찬양을 두고두고 받으소서

새맑은 나라의 새로운 햇빛처럼
님은 온갖 불의와 혼란의 어둠을 씻고
참된 자유와 평화의 번영을 마련하셨나니

잘 사는 이 나라를 만들기 위해서는
모든 물가부터 바로 잡으시어

1986년을 흑자원년으로 만드셨나니

안으로는 한결 더 국방을 튼튼히 하시고
밖으로는 외교와 교역의 순치를 온 세계에 넓히어
이 나라의 국위를 모든 나라에 드날리셨나니
이 나라 젊은이들의 체력을 길러서는
86아세안 게임을 열어 일본도 이기게 하고
또 88서울올림픽을 향해 늘 꾸준히 달리게 하시고

우리 좋은 문화능력은 옛것이건 새것이건
이 나라와 세계에 떨치게 하시어
이 겨레와 인류의 박수를 받고 있나니

이렇게 두루두루 나타나는 힘이여
이 힘으로 남북대결에서 우리는 주도권을 가지고
자유 민주 통일의 앞날을 믿게 되었고

1986년 가을 남북을 두루 살리기 위한
평화의 댐 건설을 발의하시어서는
통일을 염원하는 남북 육천만 동포의 지지를 받고
있나니

이 나라가 통일하여 홍기할 발판을 이루시고
쉬임 없이 진취하여 세계에 웅비하는

이 민족기상의 모범이 되신 분이여!
이 겨레의 모든 선현들의 찬양과
시간과 공간의 영원한 찬양과
하늘의 찬양이 두루 님께로 오시나이다

-한국어 위키백과-

빈소마저 홀대받은 <유진오>

1987년 8월 30일 폭염 속에 그가 숨을 거뒀다
슬퍼해야 할 동료와 제자들이 그의 빈소를 막았다
평생 교수이던 그의 학교 사람들이
마지막 가는 길조차 막아섰던 것은
그가 겨레에게 차갑고 냉정했기 때문

가미카제 특공대 날뛰던 시절
징병을 부채질하고
일본의 승리를 점쳤던 그 의지
제풀에 꺾이고

일제에 유리한 법 앞에
피 눈물 흘렸을 동포들
그가 눈길 주지 않은
어두운 사회 그늘 속에서
신음하며 죽어갔을 수많은 동포들
그 넋

눈을 감고 보지 않은 죄
귀를 막고 듣지 않은 죄
따지는 자 없어도
세상인심은 재고 있었네

아무리 악독한자도
죽으면 관대해지는 세상
빈소 막으며 고개 저을 땐
그 모든 업
비처럼 내린 것

살아 수십 년 누리던 복
죽어 수백 년 욕되어 돌아오니
그의 학교 그의 제자 부끄러워라.

유진오(兪鎭午 1906~1987) 소설가 · 법학자 · 정치가

호, 현민(玄民)

해방 후 화려한 경력으로 법조계를 누비던 그는 중일 전쟁이 터진 이후 친일 협력의 길을 걷게 된다. 1939년 7월호 '삼천리' 잡지에 중일 전쟁을 적극 지지하는 내용의 사설을 기고한 것을 시작으로 친일단체인 조선문인협회, 조선문인보국회, 조선임전보국단 등 각종 총독부 관리단체에 가입하면서 친일 활동에 가담했다. 1940년에는 국민총력조선연맹 문화부와 선전부 위원으로 뽑혔으며 1941년부터 1945년 일제가 패망할 때까지 여러 시국 강연에 참석하여 일제에 유리한 시국 연설을 하는 등 친일 성향의 논조 사설들을 실어 친일 활동을 했다.

1987년 8월 30일 사망했을 당시 고려대학교에서 빈소를 마련해 그의 추모식을 거행했다. 그러나 당시 고려대학교 내 일부 교수와 학생들이 "고려대가 친일행위자나 국정자문위원의 빈소가 될 수 없다!"며 철거를 주장해 이른바 '현민 빈소 사건'이 발생하기도 했다.

2002년 공개된 친일 문학인 42인 명단, 2005년 고려대학교 교내 단체인 일제잔재청산위원회가 발표한 '고려대 100년 속의 일제잔재

1차 인물' 10인 명단, 2009년 11월 펴낸 민족문제연구소의 〈친일인명사전〉에 들어있다.

유진오 친일 글 한 토막

지금 최대 문제인 내선일체도 또한 그러하다. 내선일체를 최종적으로 해결하는 것도 다른 사람이 아니라 조선인 자신인 것이다. 조선 사람이 지금 내지인(일본)과 다른 경우에 처해있는 것이 사실이라 하면 그것은 조선 사람이 내지인에게 지지 않는 힘을 가짐으로써 비로소 해결 될 것이다……. 이번 특별지원병제도는 조선 사람에게 이러한 힘을 주는 것이라고 나는 생각한다. 병역이 단순한 의무가 아니라 특전이라는 것은 이런 의미에서 쉽게 이해 될 것이다.

- 1943.11.18 '병역은 큰 힘이다'〈매일신보〉 -

유진오 친일작품들

1939.7 신질서 건설과 문학, 삼천리

1940.5 시국과 문화인의 임무, 총동원

1940.12 일사불란의 그 훈련, 삼천리

1942.3 지식인의 표정, 국민문학

1942.11 국민문학이라는 것은, 국민문학

1943.1 대동아문학자대회에 참석하여, 조선화보

1943.6 환멸, 신시대

1943.10 부상견문기, 신시대

1943.11.18 병역은 큰 힘이다, 매일신보

1944.9 우리가 반드시 승리한다, 신시대

외 다수

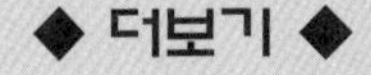

유진오 교수 빈소 철거 시위 이야기

- 대한민국헌법을 만든 친일파 유진오' 글 중 일부 -

1987년 그가 죽고 그의 빈소가 고려대 안에 마련되자 당시 이문영, 윤용, 이상신 등 5명의 교수들이 빈소를 학교 밖으로 철거할 것을 요구하는 피켓 시위를 벌였던 모습이 오히려 '민족 고대'다운 모습이 아닐까. 그리고 당시 발표했던 용기 있는 그 교수들의 성명서(아래)는 오늘도 우리에게 크나 큰 죽비소리가 아닐

수 없다. (주요 부분 발췌)

… 어떤 삶을 살아왔든지를 불문에 붙이고 고인을 과대 미화시킴으로써 그것이 악을 방관 · 조장하고 현재의 비리마저 정당화시키는 데 악용된다면 우리는 우리의 관행과 통념에 아부 · 순종하기보다는 이에 도전하여 이를 극복하는 데 앞장서는 것이 진정한 지성인의 태도라고 생각한다.

… 해방 후 그들의 진솔한 뉘우침과 자기 고백을 들을 수 없었음을 물론이고, 분단 구조를 정착시켜 가는 과정 속에서 정권을 배경 삼아 다시 '민족주의자'로 태어난 것은 정말 역사의 비극이다. 같은 시대를 살면서도 부귀영화를 마다하고 온몸을 독립과 항일투쟁에 앞장섰던 또 다른 삶을 보자.

그 삶과 죽음 앞에서 어찌 세월을 들먹일 수 있단 말인가. 현재 반민족 · 친일파 문제를 새삼스럽게 들추는 것은 단지 개인적 감정의 차원만이 아닌 민족정기의 회복을 위한 당연지사요 '백가쟁명'이 아닌 진실의, 사실의 확인일 따름이다. 이것을 두고 발전적 미래를 위해 과거에 집착하지 말자거나, 복수는 복수를 부른다는 따위의 말은 부끄러운 것임을 다시 한 번 확인해야 할 것이다.

… 유진오의 친일행각을 다시 한 번 조사, 확인하면서 느끼게 되는 것은 참담한 우리 역사에 대한 부끄러움과 '역사'와 '개인'의 참으로 어렵고도 무거운 관계이다. … 역사를 바로잡는 것은 역사의 미래를 바로 세워나가는 것이며 과거의 역사를 단죄하는 것은 미래의 희망을 만들어 가는 것이기도 하다.

출처: 바른역사알리기운동본부(http://blog.daum.net)

친일파 영웅극 '대추나무'는 나의 분신 <유치진>

형제자매 늙은 어무이 두고

시모노세키로

만주 벌판으로 떠나는 것은

땅덩어리가 좁아

떠나는 게 아니올시다

수천 년 고향에서 밭 일구며 살아 온 땅

갑자기 비좁아진 게 아니올시다

일제가 파놓은 함정

토지조사 미명 아래

마을마다 바닥난 뒤주

일본으로 실어 나르던 쌀

철철 넘칠 때

배고파 죽어 가던 내 형제들

대추나무 연극 지어
만주로 떠나라고 권하기 전
피폐한 농촌 현실이 일제 때문임을
알려주지 않은 죄

1930년대 만주 벌판
무엇이 있을 손가!

내 백성 주린 배 헤아리지 않고
총독부 비위맞춰 이완용 버금가는
이용구를 영웅으로 만든 연극

그것을 만든 유치진이
위대한 극작가가 되는 나라
우리나라 대한민국.

유치진(柳致眞, 1905~1974) 극작가 · 연출가

"한국 연극계의 대표적인 인물이며 사실주의 극을 여러 편 썼다. 호는 동랑(東朗)." 〈브리태니커〉사전 설명이다. 유치진의 친일은 1940년 12월 결성된 조선연극협회 이사에 취임하면서 부터이다. 극작가동호회, 조선연예협회, 조선연극문화협회 등에서 간부로 활약 했다. 1941년 6월 6일 공연된 〈흑룡강〉은 사흘간 부민관에서 민관지도층의 큰 관심 속에서 공연되었는데 온갖 고난 속에서 일본 꼭두각시 정권인 만주국 건국을 향한 이상을 실현한다는 내용이었다.

이뿐만 아니라 그는 조선총독부의 지원으로 친일 연극을 다수 공연했는데 1942년에 발표한 〈북진대〉 는 이완용에 버금가는 인물 이용구를 그린 작품으로 "한국을 열국의 세력쟁탈 장에서 구하고 동양평화를 확립하기 위해서 조선은 그 동맹국인 일본과 친화하지 않으면 안 된다고 외친 선각자"로 인식시키려는 일제 찬양 극이다. (북진대, 삼천리, 1942. 7) 유치진은 총독부 주관의 연극 공연을 위한 현대극장을 주도했으며 함세덕, 조천석 등의 친일 작품을 연출하고 친일 수필도 발표했다.

2002년 공개된 친일 문학인 42인 명단, 2009년 11월 펴낸 민족문제연구소의 〈친일인명사전〉연극 부문에 들어있다.

유치진 친일 글 한 토막

제1선에 가 있는 병사들은 내가 이 글을 쓰고 있는 순간에도 육탄으로 처참한 사투를 전개하고 있을 터이다. 우리는 제1선의 병사들이 총을 들고 나라를 지키듯이 그런 각오로 붓을 들어야만 하겠다……. 우리나라(일본)는 지금 위대한 전과(戰果)를 올리고 있다. 그러나 전쟁은 적의 영토를 점유 하는 것으로 끝나는 것이 아니다. 그 영토에 살고 있는 민족(사람)을 우리는 싸워서 잡아야한다

-1943년 6월, '싸우는 국민의 자세' 〈국민문학〉-

유치진 친일작품들

1940.7 대륙인식, 인문평론

1941.1.3 국민연극 수립에 대한 제언, 매일신보

1941.2 신체제하의 연극, 춘추

1941.3 아름다운 도시, 신시대

1941.12 연극계의 회고, 춘추

1942.2.19 축 싱가폴 함락, 매일신보

1942.6 북진대 여화 ,국민문학

1942.7.30-8.5 개척과 희망, 매일신보

1942.9 극장은 연극을 결정한다, 신시대

1942.9 만주분산개척민촌을 보고, 춘추

1942.11-43.1 대추나무(희곡), 신시대

1943.6 싸우는 국민의 자세, 국민문학

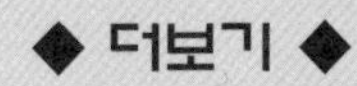

오늘에 남은 친일연극의 청산 문제

박영정(연극평론가, 건국대 국문학과 박사과정)

유치진이 친일연극 활동에만 전념했던 것은 아니다. 사실 유치진은 일본 유학에서 돌아와 극예술연구회(1931)를 조직하여 신극운동을 전개하던 초기에는 [토막], [소], [버드나무 동리에 선 풍경] 등 비교적 일제하에서 고통 받고 신음하던 가난한 농촌의 현실에 대한 리얼리즘적 작품을 남김으로써, 우리 희곡사에 커

다란 족적을 남긴 작가다.

그렇다고 그가 당시 프롤레타리아 연극운동을 하던 작가들보다 저항성이나 민족의식의 토대가 강했던 것도 또한 아니다. 그의 민족의식이 허약했기 때문에, 일제 말이 되자 앞에서 살펴본 대로 '국책연극으로서의 국민연극'의 진흥에 앞장섰던 것이다. 그러나 '국민연극'에 관해서라면 비록 유치진만의 문제는 아니다.

유치진만이 유별나게 나서서 설친 것도 아니고, 신파 배우든 좌익 출신이 든 할 것 없이, 어떤 면에서는 한결같이 '국민연극'의 각본을 쓰고, 연기를 하고, 연출을 하고, 무대장치를 했던 것이 엄연한 사실이다. 일일이 거명을 하지 않아도 될 만큼 거의 모든 연극인이 국민연극에 종사했다.

일제의 탄압이 가장 심해진 1940년대에 들어서 그 많은 연극인 가운데 한 사람도 투옥되거나 심지어는 상연 금지된 작품이 나오지 않은 것은 이를 잘 웅변해준다. 따라서 유치진의 친일연극은 그 개인의 문제로 그치는 것이 아니고, 비극적이지만 전체 근대연극사의 문제로 우리에게 다가서는 것이다(이 때문에 연극계는 해방공간에서 일제 잔재 청산을 제대로 해결하지 못한 채 이 문제를 훗날의 과제로 남겨 놓게 된다).

일제하에서 활동하던 지식인치고 '친일'에서 자유로울 수 있는 자는 흔치 않았을 것이다. 때문에 식민지하에서의 연극인 또한 우리가 지금으로서는 상상할 수 없는 상황과 조건에서 연극을 해야만 했을 것이고, 어떤 면에서 그러한 고충을 우리가 이해하지 않으면 안 될 줄 안다. 그러나 아무리 개개인의 면면과 고충을 이해한다 하더라도, '국민연극'으로 근대연극사의 한 페이지를 '장식'했던 역사적 과오는 오늘의 우리에게 고스란히 남아 있는 것이다.

지금 우리에게 문제가 되는 것은 어느 개인의 친일 문제가 아니라 그러한 친일의 과정을 통해서 오늘의 우리 연극 문화가 주체적, 자주적 문화로 자리 잡지 못하고, 대중으로부터 유리된 채 제자리걸음을 하고 있다는 오늘의 현실인 것이다. 더욱이 우리 연극의 잘못된 뿌리에 대한 진지한 점검 한 번 없이, 유치진과 관련된 것이라면 친일도 괜찮은 것이라는 안이한 사고방식 자체에 있는 것이다.

출처: http://bluecabin.com.ne.kr/split99/yuchijin.htm

조선놈 이마빡에 피를 내라
〈이광수〉

상하이 와이탄의 불빛 고와라
가야마미츠로 이광수
허영숙과 사랑놀음 황포강 배 띄울 때
김좌진 홍범도는 일본군과 목숨 건 혈전이요
백범과 윤봉길은 홍커우공원 거사라

조선놈 이마빡 바늘로 찔러
붉은 피를 내고 또 내어
선홍빛 일장기 아래
황군의 백성으로 거듭나라
춘원이 목청 돋울 때

이고 진 짐 보따리
걸리고 업은 아이
임시정부 대가족

피난길 삼만 리 27년 노정
가야마미츠로 그대는 아는가!
춘원의 펜에 찔린 겨레의 심장
아물기 전
광복 후 배알 없는 글쟁이들 또 다시 찔러
치유의 긴 시간
약도 없던 허망한 세월!

붓을 꺾지 않았으면 만고에 날릴 이름
나약한 변절자
만백성 가슴에 깊이깊이 박힌 이름 석 자
이
광
수.

이광수(李光洙, 1892 ~1950) 소설가 · 문학평론가
창씨명 香山光郞(가야마미츠로)

“한국근대문학의 선구자로 계몽주의 · 민족주의 문학가 및 사상가로 한국 근대정신사의 전개과정에 중요한 역할을 했다. 본관은 전주. 아명은 보경(寶鏡). 호는 춘원(春園) · 고주(孤舟) · 외배.”라고 〈브리태니커〉 사전 앞머리에는 이렇게 적혀있다. 아주 훌륭한 묘사이다.

그러나 속내는 다르다. 나라 잃고 북간도로 상하이로 피난 아닌 피난 생활을 하던 동포를 향해 이광수는 ‘유랑 조선 청년 구제 선도의 건’(1921. 4)이란 글을 써서 총독부의 인심을 얻는다. 이것은 한마디로 조선독립군을 소탕하라는 글이다. 그는 이 글에서 ‘중등 이상의 교육을 받은 조선인 가운데 중국, 시베리아 등지의 2천여 유랑자들(실은 독립운동가들)이 지닌 위험성을 세 가지로 나눠서 경고한다면서, 첫째는 ‘독립운동을 표방해서 무기를 들고 조선 안에 몰래 들어오는 일’ 둘째는 ‘과격파 러시아의 선전자가 되는 일’ 셋째는 ‘사기꾼 또는 절도, 강도가 되는 일’이 있다며 이러한 조선 유랑자들을 일제가 경계해야 한다고 강변한다. 이른바 고자질이다. 독립운동 자체가 유랑의 길이었음을 인식 했다면 이러한 일제에 빌붙는 글은 쓰지 않았을 것이다.

1938년 12월 14일 전향자 중심의 좌담회 '시국유지원탁회의'에 참석하여 강연 한 것을 시작으로 적극적인 친일 행위에 나섰는데 그는 '민족 감정과 전통의 발전적 해소를 단행하자'고 주장하면서 '의례 준칙의 일본화'와 '생활 방식의 일본화'를 역설했다. 이로 인해 이광수는 '이광수'(李狂獸)라는 빈축을 사게 되었으며 자발적으로 가야마미츠로(香山光郞)라는 이름으로 바꾸고 일제의 창씨개명을 적극 옹호하는 한편 자신의 창씨개명을 합리화했다. 친일단체인 조선문인협회 회장을 맡아 펜으로 적극적인 친일을 한 대표적인 변절 문학인으로 꼽힌다.

2002년 발표된 친일파 708인 명단, 2002년 공개된 친일 문학인 42인 명단에 들어 있으며 당시 103편의 친일 작품명이 공개되어 친일 문학인으로 선정된 42인 가운데 가장 많은 편수를 기록했다. 또한 2009년 11월 펴낸 민족문제연구소의 〈친일인명사전〉문학 부문에 들어있다.

一日一人

創氏와 나

李光洙

創氏의 動機

內鮮一體

便宜

決心

政治的影響

1940년 2월 20일 매일신보. 〈창씨와 나〉

이광수 친일시 한편

지원병 장행가(壯行歌)

만세불러 그대를 보내는 이날
임금님의 군사로 떠나가는 길
우리나라 일본을 지키랍시는
황송합신 뜻 받어 가는 지원병
...
총후 봉공 뒷일은 우리차지니
갈데마다 충성과 용기 있어라
갈지어다 개선날 다시 만나서
둘러둘러 일장기 불러라 만세

-1939년 12월 〈삼천리〉-

이광수 친일작품들

1939.2 가끔씩 부른 노래(시), 동양지광
1939.12 지원병장행가, 삼천리
1940.2.20 창씨와 나, 매일신보
1940.3 내선일체와 국민문학, 조선

1940.3.2-6 지원병훈련소를 보고, 매일신보

1940.8 나의 교우록, 모던 일본

1940.9 내선청년에 고함, 총동원

1940.11 지원병 훈련소의 하루, 국민총력

1940.12 문사부대와 지원병, 삼천리

1941.1 신체제하의 예술의 방향, 삼천리

1941.7.6 인고의 총후문화, 매일신보

1941.10 반도의 자매에게 고함, 신시대

외 다수

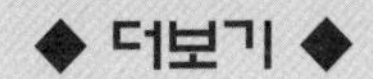

이광수(香山光郞, 가야먀미츠로)와 창씨개명

1940년 4월 11일부터 총독부는 조선인이름을 바꾸도록 이른바 창씨개명을 단행했다. 그날아침 관리들이 문을 여는 시각을 기다려 제일 먼저 달려가 등록을 마친 사람이 이광수였다. 그의 입을 통해 창씨개명 이유를 들어보자.

〈창씨동기〉

'내가 향산(香山)이라고 일본적인 명으로 개한 동기는 황송한 말씀이나 천황어명과 독법을 같이하는 씨명을 가지자는 것이다. 나는 깊이깊이 내 자손과 조선민족의 장래를 고려한 끝에 이리하는 것이 당연하다는 굳은 신념에 도달한 까닭이다. 나는 천황의 신민이다. 내 자손도 천황의 신민으로 살 것이다. 이광수라는 씨명으로도 천황의 신민이 못 될 것이 아니다. 그러나 향산광랑(香山光郎)이 조금 더 천황의 신민답다고 나는 믿기 때문이다. 내선일체를 국가가 조선인에게 허하였다. 이에 내선일체운동을 할 자는 기실 조선인이다. 조선인이 내지인과 차별 없이 될 것 밖에 바랄 것이 무엇이 있는가. 따라서 차별을 제거하기 위하여서 온갖 노력을 할 것밖에 더 중대하고 긴급한 일이 어디 또 있는가. 성명 3자를 고치는 것도 그 노력 중의 하나라면 아낄 것이 무엇인가. 기쁘게 할 것 아닌가. 나는 이러한 신념으로 향산이라는 씨를 창설했다.

〈정치적 영향〉

금년 8월 10일까지 조선인의 창씨의 기한이 끝난다. 그날의 결과는 정치적 영향에 큰 관계가 있다고 나는 믿는다. 즉, 일본식 씨를 조선인 전부가 달았다고 하면 그것은 조선 2400만이 진실로 황민화할 각오에 철저하였다는 중대한 추리자료가 될 것이다. 만일 그에 반하여 일본식 씨를 창설한 자가 소수에 불과하면 그것은 불행한 편의 추리자료가 아닐 수 없다. 왜 그런고 하면 국가가 조선인을 신임하고 아니함이 조선 자신의 행·불행에 크게 관계가 있을 것은 자명하기 때문이다. 그러므로 일본적인 씨를 창설하는 것은 일종의 정치적 운동이라고 나는 믿는다.

'창씨와 나' 〈매일신보〉 1940. 2. 20

이완용의 오른팔 혈의누
〈이인직〉

2천만 조선 사람과 함께 쓰러질 것인가
6천만 일본인과 함께 나아갈 것인가
고민했다던 이완용

누가 매국노에게 조선을 책임지라 했던가
일본말 못하는 이완용 입이 되어
한일병합 선봉장으로 뛰어다닌 이인직

헤이그 밀사사건도 유감이요
조선의병도 철부지로 몰아세워
이토(伊藤博文)에게 머리 조아리며

전국 유림 힘을 보태
대동아공영 따라 나선 길

600년 종묘사직 부수고
대일본제국 세워 축배 들던 날

이완용 금잔에 가득 부은 술
만백성 피눈물 고름이었네

옥련이 타는 거문고 맞춰
이인직 춤추며 노래 부를 때
북악산 신령님 비위 건드려
까마귀 까악 대고
오래지 않아 저승사자 손 내밀었네

누구나 한번은 가야 할길
나라위해 살다 가면
천년만년 나올 젯밥
그 마저 차버린 구차한 인생.

이인직 (李人稙 1862 ~1916) 신소설 작가, 언론인

"신소설이라는 새로운 문학 장르를 개척하여 〈혈의 누〉와 〈귀의성〉 등의 대표작을 남겼다. 호는 국초(菊初)." 〈브리태니커〉사전의 이인직 소개 머리 부분이다. 1904년 러일 전쟁이 일어나자 일본 육군의 통역으로 발탁되었고 1907년에는 친일신문이었던 《대한신문》 사장으로 취임했다. 1910년 8월 4일에는 일본어를 하지 못했던 이완용 대신 일본에 가서 통감부 외사국장이던 고마츠(小松綠)를 만나 한일병합을 교섭했다. 이인직이 다리를 놓아 8월 16일 이완용과 조중응(趙重應)이 통감 관저를 방문하고 8월 22일 병합 조약을 조인하기에 이르렀다.

친일문학 하면 일제 말기를 흔히 떠 올리지만 근대문학 초기부터 암약하고 있었던 대표인물이 이인직이다. 이완용의 비서로 매국협상을 배후에서 주도했던 이인직은 1910년대 대표적 친일문학자로 지적되고 있다. '혈의누'는 청일전쟁(1894)을 배경으로 하고 있는데 그는 청군의 부패를 맹렬히 규탄하면서도 일본군의 만행에는 짐짓 눈감고 고난에 빠진 여주인공 옥련을 일본 군의관으로 하여금 보호하게 함으로써 일본이야말로 조선의 구원자라는 의식을 교묘하게 심어주고 있다.

이인직은 1909년 대동학회(大東學會)에 관여하였는데 이 회는 원래 1907년에 '유교를 유지코자 하는 대목적' 아래 조직되었지만 친일단체이다. 헤이그 밀사사건이 나자 이토 히로부미(伊藤博文)에게 사죄문을 보내고, 의병을 '철부지의 불장난'으로 매도하였으며, '우리나라의 위기를 구할 길은 오직 일본과 결합하는 한 가지 일'임을 밝히면서 전국에 22개의 지회를 두어 유림의 친일화를 꾀하였다. 대동학회는 1909년 공자교회로 바뀌었지만 이인직은 계속 간부로 참여하여 지방조직 건설에 몰두하였다.

일제강점기 때 조선총독부가 세운 유교 교육기관 경학원의 사성(司成)을 지내면서 한일 병합을 뒷받침하는 논리를 유포한 《경학원잡지》 편찬을 담당하는 등, 유교 계열의 대표적인 친일 인물로 활동했다. 또한 대정왕(大正天皇)이 즉위할 때 친일 헌송문을 지어 바쳤다.

2002년 발표된 친일파 708인 명단, 2006년 12월 6일 친일반민족행위진상규명위원회가 발표한 친일반민족행위 106인 명단, 2009년 11월 펴낸 민족문제연구소의 〈친일인명사전〉에 들어있다.

이인직 친일활동들

1906.2 친일매국단체 일진회 기관지 국민신보 주간

1907.7 친일 신문 대한신문 사장

1909.10 친일단체 공자교회 발기인

1909.11 이토 히로부미 추도문 낭독

1910.8 한일병합 위해 비밀리에 일본에서 고마츠와 교섭

1911.7 총독부 소속 경학부 사성

1913. 11 전라북도 시찰 때 조선왕조 신랄히 비판 일제 찬양

1914.4 경학원 시찰단으로 대정왕 박람회 참관

1915.11 대정왕 즉위 대례식 헌송문 지음

1915.11 함남 지방 순회 강연 때 내선일체 찬양

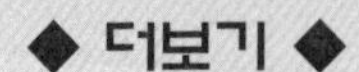

뼛속까지 일본인 이었던 이완용의 오른팔 이인직

신소설의 개척자로 알려진 이인직의 작품 〈혈의누, 치노나미다〉는 우리말로 '피눈물'이며 그는 청일전쟁을 〈일청전쟁〉으로 표기하여 일본을 우위에 두었다.

일본군 통역 장교였던 그는 1910년 8월 도쿄 정치학교 시절 은사이던 고마츠 미도리(小松綠)를 찾아가 한일 합방을 비밀리에 교섭하는데 조선에게 불행의 씨앗을 심어 준 계기가 바로 여기서 비롯되었다고 해도 지나친 말이 아니다.

이인직의 스승이자 통감부 외사국장이었던 고마츠는 훗날 회고록 〈조선병합이면〉에서 "내가 병합 문제를 담판 짓는 기회를 붙잡을 자신이 있다고 데라우치 통감에게 말했던 것은 터무니없는 한 때의 농담은 아니었다. 실은 당시 한국조정의 중심 세력이던 수장 이완용과 농상 조중응은 직접 간접으로 설득할 자신이 있었기 때문이다. 조중응과는 직접 말할 수 있었지만 이완용은 일본말을 몰라서 그의 심복인 이인직을 통해 복안을 말할 작정이었다."라고 털어 놓았다. 이후 고마츠와 이인직의 교섭은 성공적으로 이뤄져 이를 토대로 1910년 8월 16일 데라우치와 이완용 사이에 합병조약 체결이 시작 되었고 8월 22일 조인되기에 이르렀다. 조선의 비극적인 역사의 한편에서 불쏘시개를 던진 사람이 바로 이인직이다.

민족문제연구소〈친일인명사전, 인명편 3권, 이인직 93쪽〉

내가 가장 살고 싶은 나라 조국 일본
〈정비석〉

바람난 나비부인 제 식구 못 챙기더니
집 나가 일본을 조국이라 하네

제 임금 버리고 적국 왕을 성상이라 부르고
제 말 버리고 적국 말을 모국어라 하네

정비석이 살고 싶은 지구상 유일한 파라다이스 일본
알뜰살뜰 가꾸어 후손에 전하고파
삼천리 국민문학 신시대 매일신보 들락거리며
있는 말 없는 다 들어 황군을 찬양하네

반도청년을 기꺼이 받아 주신 하해 같은 은혜 받들어
태평양 언덕 언덕에서 피받이 되더라도
기쁘게 노래하라 하네

피 땀 흘려 지은 작물 나라에 바치는 저 농부님
찬양하고 찬양할지니 갸륵하고 갸륵한 일

쓰던 놋그릇과 단벌 수저 기꺼이 바친 임들이시여
농업보국대원 여러분들이시여
부지런히 붓 놀려 떠받듭시다
부지런히 입 놀려 떠받듭시다
천황나라를!
정비석은 독려하고 또 독려하네.

정비석(鄭飛石, 1911-1991) 소설가, 언론인

정비석의 친일은 1940년 〈매일신보〉 기자로 입사하면서 부터이다. 그는 친일단체인 조선문인협회가 주최하는 육군지원병훈련소 1일 입소 행사에 참여한 뒤 '삼천리' 12월호에 소감문을 발표했는데 "①전조선 청년들이 모두 한 번씩 훈련소 문을 거쳐 나오는 날이면 조선에는 새로운 광명이 비칠 것이다. ②지원병제도야말로 천황(성상)이 반도 민초에게 베푸신 일시동인의 결정임에 틀림없다. ③스파르타식 교육이 없었던들 저 희랍 문화가 그토록 찬란히 개화 할 수 있었을까? ④ 고래로 문인은 약질인 것을 우리는 하루바삐 시정해야하겠다."라며 육군지원병제를 미화했다. 1943년 〈국민문학〉 7월호에 발표한 '사격'에서 "붓을 총으로 나는 바꾸어 쥔 것이다……. 함부로 옛날 개념에 따라 필연(筆硏)을 계속하고 있을 세태는 아닌 것이다. 거대한 시문(詩文)을 완성하는 것보다 1발의 탄환을 적에게 맞추는 편이 보다 더 의의가 있다."고 문필가로서의 다짐을 했다. 친일단체인 조선문인보국회 소설희곡부회 간사로 일했다.

2002년 공개된 친일 문학인 42인 명단과 2009년 11월 펴낸 민족문제연구소의 〈친일인명사전〉에 들어있다.

정비석 친일 글 한 토막

우리들이 지금 국력을 기울인 성전의 와중에서 생활하고 있다는 사실에 생각이 미치면 헛되이 어설픈 휴머니티 따위를 외칠 수 없게 된다. 일단 싸우기 시작했으면 무엇보다 전쟁에 이겨야한다. 전쟁의 의미는 승리에 있다. 오늘날 문화정책이 허용된다고 하면 그것은 승리를 위한 무기로서 문화이지 않으면 안 된다. 내가 살고 싶은 곳은… 이 지구상…단 한 곳 낙원 조국 일본이 아니면 안 된다

-1943년 4월호 국민문학 〈국경〉-

정비석 친일작품들

1939.4.23 조국으로 돌아가다(소설), 국민신보

1942.2 한월(소설), 국민문학

1942.7 지식인, 동양지광

1943.1.15 영예의 유가족을 찾아서, 매일신보

1943.4-5 산의 휴식(소설), 신시대

1943.4 국경, 국민문학

1943.7 군대생활, 신시대

1943.7 사격, 국민문학

1943.7 철면피, 국민문학

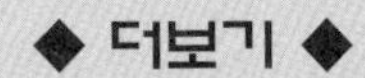

"이 글의 중립성에 대한 이의 제기가 들어 와 있다"

-한국어 위키백과-

인터넷 백과사전 〈한국어 위키백과〉에는 정비석 소설가 소개란 위에 '이 글의 중립성에 대한 이의 제기가 들어 와 있다.'라는 경고(?)가 있다. 그 중립성이란 것이 ①"소설 '명성황후'는 폐기되어야 한다."는 글 때문인지 ②친일행적 때문인지 모호하다. 소설 '명성황후' 건이란 《연합뉴스》 (2007.8.22)에 보도된 "정비석作 '소설 명성황후'는 폐기처분해야" - 국사학자 이태진 '한국사 시민강좌'서 라는 주장을 말함이다. 혹시 친일행적에 대해서인지 몰라 한마디 적는다. 사전은 많은 사람들이 보는 거울이다. 〈브리태니커〉사전의 경우는 정비석 작가의 '친일행적'이 단 1줄도 없다. 물론 '명성황후' 건에 대한 말도 없다. 어느 것이 잘 된 사전인지는 독자가 판단할 일이다.

이참에 '중립성'에 대한 것을 함께 생각해 보는 시간을 갖는 뜻에서 〈브리태니커〉사전의 정비석과 〈한국어 위키백과〉의 정비석 소개를 견주어 꼼꼼히 읽어주기 바란다.

〈브리태니커〉 :http://enc.daum.net
〈한국어 위키백과〉 http://ko.wikipedia.org

참고로, 본문의 정비석 인물 소개 글은 민족문제연구소 《친일인명사전, 인명편 3권 449~453쪽》 을 인용했다.

불놀이로 그친 애국
<주요한>

상하이 황포강에 내디딘 첫걸음
독립 투지 불태우며
안창호 선생과 손잡고
난징에서 잘 나가던 영어교사

수양동우회 매질이 그렇게 심했던가
독립쟁취
독립운동
모두 다 잊고
싹 돌아서서
만세만세만만세 천황폐하만세!

조선신궁 참배 길
따라가던 무심한 그림자 따돌리고
저 홀로 신궁 앞에서

굳게 맹세한 충성

쇠는 쇠로써
화약은 화약으로써 뭉쳐
피와 불이 비 오듯 나리는 전쟁터
하와이로 싱가폴로
첫 피를 뿌리러
너는 가야한다 가야만 한다고 외치던 메아리

대륙의 풀밭에 피 뿌림이
마츠무라고이치 주요한의 간곡한 부탁이노니
훗날 고향땅 밟게 되거든
불놀이
그것은 위험한 장난이었다 말해다오.

***수양동우회 사건**

1926년 1월 수양동맹회와 동우구락부가 흥사단 국내 조직 격으로 통합하여 수양동우회로 이름을 바꾸었으며 초기에는 기독교를 통해 개화 문물을 접했거나 변호사, 의사, 교육인, 목회자와 같은 전문 직업을 가진 지식인들이 회원이었다. 이후 1937년 중일 전쟁이 터진 뒤 일제는 본격적인 전쟁 체제를 조성하기 위해 수양동우회를 표적 수

사하였고 이때 검거된 회원들은 일제의 강압으로 전향한 뒤 일제에 협력하는 길을 걷게 된다. 이 사건은 사회의 명망가와 지식인등 수많은 독립운동가들을 친일로 전향시키기 위해 일제가 주도적으로 일으킨 일제 강점기 말의 대표적인 사건의 하나로, 이때부터 명망 있는 친일파가 대거 형성되어 사회적인 영향을 끼쳤고, 이는 역사에도 큰 영향을 끼쳤다.

-한국어 위키백과-

주요한 (1900 ~ 1979) 시인, 언론인

창씨명: (松村紘一, 마츠무라 고이치)

"〈불놀이〉를 지어 한국근대시 형성에 선구자적인 업적을 남겼다. 본관은 능성(綾城). 필명은 벌꽃·주락양(朱落陽). 호는 송아(頌兒)" 이는 주요한에 대한 〈브리태니커〉 사전 소개 글이다. 이 사전에서는 그의 창씨개명조차 밝히지 않고 있으며 친일 행적은 단 1줄도 없다.

표면적으로 주요한의 친일행위는 1938년 12월 수양동우회를 대표하여 국방헌금조로 4,000원을 종로경찰서에 기탁한 것으로부터 시작한다. 이해 12월 14일 부민관 강당에서 열린 전향자중심의 좌담회인 '시국유지원탁회의' 에 참석하여 "이 비상시에 있어서 우리는 일본이 승리를 얻어야

하겠다는 입장에서 황군의 필승을 위한 총후(銃後)의 적성(赤誠)에 전력을 바쳐야 할 것"임을 주장하면서 내선일체의 구현, 대동아공영을 위한 본격적인 친일의 길로 들어선다.

젊은 시절 상해임시정부에 가담하고 애국시를 쓰면서 조국의 독립을 누구보다도 갈망했던 그는 변절 후 이광수에 버금가는 화려한 친일 문필활동을 했는데 먼저 그의 창씨개명에서 그 뜻이 확연히 드러난다. 주요한의 창씨명은 송촌굉일 (마츠무라 고이치, 松村紘一)로 여기서 굉일(紘一)이란 온 천하가 한집안이라는 뜻의 '팔굉일우(八紘一宇)'에서 따온 말이다. 의미상으로는 더 없이 좋은 말이지만 이 말은 일제가 침략 전쟁을 합리화하기 위해 내세운 대표적인 구호이다. 주요한의 친일행위는 문인협회, 문인보국회, 임전보국단, 언론보국회, 대의당, 대화동맹 등 많은 친일 단체의 간부를 역임 한 데서도 확인 할 수 있다. 그의 친일 작품은 모두 43편으로 친일 문학인 42인 명단에 선정된 문인 가운데 이광수 다음으로 편수가 많은 것으로 밝혀졌다.

2002년 발표된 친일파 708인 명단, 2002년 공개된 친일 문학인 42인 명단, 2009년 11월 펴낸 민족문제연구소의 〈친일인명사전〉문학부문에 들어있다.

주요한 친일시 한 편

첫 피

나는 간다
만세를 부르고
천황폐하 만세를
목껏 부르고

대륙의 풀밭에
피를 부리고
너보다 앞서서
나는 간다

피는 뿜어서
누런 흙 우에
검게 엉기인다

형아! 아우야!
이 피는
너들의 피다

너들의 뜨거운 피가
2천 3백만 너들의 피가
내 몸을 통해서
흐르는 것이다

역사가 생긴 이래
처음으로
뿌려지는 피다

반도의 무리가
님께 바친
처음의 피다 〈후략〉

주요한 친일작품들

1940.9 여객기, 조광
1940.12.동양해방, 삼천리
1941.3 첫피, 신시대
1942.1 루스벨트여 답하라, 신시대
1942.1 하와이섬들아, 삼천리

1942. 2 싱가폴 함락가, 매일신보

1942.2 영미의 동아 침략, 신시대

1942. 7 새로운 각오, 대동아

1943. 6. 다섯가지사명(五つの使命), 신시대

1944. 5. 해군지원병제 날에, 매일신보

외 다수

◆ 더보기 ◆

브리태니커에 소개된 마츠무라 고이치(주요한) 인물 소개에는 그의 친일 행적이 단 1줄도 소개되지 않고 있다. 우리가 친일 작가를 파악 할 수 없었던 것은 그 어느 곳에서도 바로 알려주지 않았기 때문임을 새삼 확인하게 된다. 나쁘고 좋고를 떠나 사실을 기록해 주어야 할 이 땅 모든 문서들의 정확성과 객관성에 회의가 든다. 〈브리태니커〉에 실린 주요한 소개를 그대로 옮겨본다.

〈주요한〉 1900. 10. 14 평양~1979. 시인 · 언론인 · 정치가

〈불놀이〉 를 지어 한국근대시 형성에 선구자적인 업적을 남겼다. 본관은 능성(綾城). 필명은 벌꽃 · 주락양(朱落陽). 호는 송아(頌兒).

목사인 아버지 공삼(孔三)의 8남매 중 맏아들로 태어났다. 소설가 주요섭은 그의 아우이다. 1912년 평양 숭덕소학교를 졸업하고 선교목사로 파견된 아버지를 따라 일본으로 건너가 1918년 메이지 학원[明治學院] 중등부를 졸업했다. 중학시절에 회람잡지 〈사케비〉를 펴냈다고 하나 확인할 수 없다. 도쿄 제1고등학교[東京第一高等學校]에 다니면서 1919년 2월 김동인·전영택 등과 순문예동인지 〈창조〉를 펴냈고, 그해 3·1운동이 일어나자 상하이[上海]로 망명해 1925년 후장대학을 졸업했다. 1년 동안 대한민국임시정부 기관지인 〈독립신문〉의 편집을 맡아보았다. 1926년 귀국하여 동아일보사 기자로 입사했으며, 1929년 광주학생사건 때 잠시 투옥된 적도 있었다. 동아일보사 편집국장 및 논설위원, 조선일보사 편집국장 및 전무를 역임하고, 1935년부터 실업계에 입문하여 화신상회 이사로 근무했다. 8·15해방이 되자 대한상공회의소 특별위원, 대한무역협회 회장, 국제문제연구소 소장 등을 역임했다. 1958년 민주당 민의원 의원에 당선되어 1960년 재선되었으며 부흥부장관 및 상공부장관을 지냈다. 1964년 경제과학심의회의 위원, 1965~73년 대한

일보사 회장, 1968년 대한해운공사 대표이사 등을 역임했다. 경기도 고양시에 안장되어 있다.

-브리태니커-

내재된 신념의 탁류인생
<채만식>

와세다로 유학간 전북 옥구 부잣집 아들
니시 와세다 교정 어딘가 벤치에 앉아
차디찬 벤또 먹으며 식민지 모국 조선 떠올렸다면
설움에 찬 고국 돌아와 변절은 안했을 테지

동아일보 조선일보 개벽 기자 생활
밥 먹을 만큼 엔화 받아 살면서
만주 벌판 독립군 소식 눈감고 있었으니

탁류에 휩싸인 조국 상황
기다려도 오지 않는 독립자금 기다리며
발목 묶인 상해 임시정부 요인들
이동녕 손정도 안창호 김규식 백범 박은식 신채호 차리석
…

백릉생 서동산 효연당인 운정거사 북웅 활빈당

필명 희롱함은 자유지만 활빈당은 맞지 않아
채만식 소설 어딘가에 정의가 넘쳤던가
내재된 고품격 신념으로 황군을 떠받들던 펜 놀림

광복된 조국에서 부끄럼 씻으려 던진
변명 투성이 '민족 죄인' 반성적 소설
구설수 없애려면 침묵이 금보다 좋아

아름다운 새벽 기다리지 못하고
폐결핵 도져 떠나던 날
산천도 울지 않은 친일의 인생.

*활빈당: 활빈당은 17세기 허균의 소설 『홍길동전』을 사상배경으로 하여 남부지방의 각지에 출몰하면서 부호의 재물을 탈취하여 빈민에게 나누어 주는 정의로운 집단을 말하지만 실제로 활빈당(活貧黨)도 있었다. 1899년~1904년 사이에 한국 남부지방에서 일어난 농민군 집단 중에서 가장 강대한 세력을 가졌던 집단이 그것으로 활빈당은 1905년 이후 의병운동에 연결되어 의병으로 흡수되었다.

채만식(蔡萬植, 1902-1950) 소설가

1941년 친일단체인 조선문인협회가 주최한 호국신사어조영지(護國神社御造營地) 근로봉사를 시작으로 11월 국민문학 실천을 위한 '내선(內鮮)작가간담회'에 참석 하는 등 실천적 친일의 길로 들어섰다. 1944년 2월 8일부터 21일까지 열린 '미영격멸 국민 총 궐기대회' 의 하나로 기획된 보도특별 전시대 대원으로 파견되어 강연을 통해 조선인들이 시국의 중대성을 깨닫고 후방 국민생활을 철저히 할 것을 선동하였다. 또한 본격적인 친일 작품인 '나의 꽃과 병정'(1940년 7월)을 통해 침략전쟁에 문학이 어떻게 봉사해야 하는지를 밝혔다. 1943년 7월 〈반도의 빛〉에 기고한 '몸뻬 시시비비'에서 근로여성들의 바람직한 옷차림인 몸뻬 차림을 아름다운 여성상이라고 주장했다. 특히 채만식의 친일 작품은 관념적이거나 구호적인 친일이 아닌, 등장인물의 의식과 생활에 밀접히 연관되는 내재적 친일 행위로 평가되어지며 내면화 정도가 높다는 지적도 있다.

2002년 공개된 친일 문학인 42인 명단, 2009년 11월 펴낸 민족문제연구소의 〈친일인명사전〉문학 부문에 들어있다.

채만식 친일 글 한 토막

서(西)로는 우랄 산맥을 넘고 남으로 태평양을 건너 마음껏 날아다니면서 폐하의 어능(御陵) 위를 팔굉에 넓히고 우리 황도를 동서에 선양하도록…이 성전을 완수하자면 살아 있는 몸만으로 만은 잘 할 수가 없습니다. 사후의 혼백까지도 이 성업이 달성되기 전에는 흩어지지 아니할 각오입니다 -1943년 1월 〈신시대, 지인태 대위 유족 방문기〉-

채만식 친일작품들

1940.7 나의 꽃과 병정, 인문평론
1941.1.5 시대를 배경하는 문학, 매일신보
1941.1 문학과 전체주의, 삼천리
1941.1 자유주의를 청소, 삼천리
1941.7 혈전(소설), 신시대
1943.1.18 영예의 유가족 방문기, 매일신보
1943.1 지인태 대위 유가족 방문기, 신시대
1943.3 농산물 출하(공출) 기타, 반도노광
1943.8.3 홍대하옵신 성은, 매일신보
1944.6 경금속 공장의 하루, 신시대
외 다수

조속히 조선문화의 일본화가 이뤄져야
〈최남선〉

쌀 미(米)자의 나라 미국
날 일(日)자의 나라 일본
쌀은 태양에서 이루어진다
태양은 쌀을 이긴다
일본은 반드시 승리한다

도쿄 원정 연설장을 뒤로하고
여관집 찾아간 유학생에 대고
어서 어서 일본인이 되어야한다고
춘원이 강변하고
육당도 거들었다지

명치대학 강당에서 육당은 힘주어 말하느라
허리띠도 풀렸다지

언제는 위대한 단군의 뿌리를 찾는다더니
언제는 돌아서
철없는 유학생 전쟁터에 내몬 매정한 사람

황군의 물오른 계급장 그리 좋았나
해에게서 소년에게 전수된 정신
알고 보니 일장기 빛깔이라

백팔번뇌 시조 속에
넘치는 시름
알고 보니 조선인의 더딘 일본화라.

*일본은 우리가 쓰는 美國이라 하지 않고 米國이라는 한자를 씀. 곧 쌀의 나라 미국은 해의 나라(일본)이 이긴다는 논리.

최남선(1890~1957) 시인 · 수필가 · 사학자

호, 육당(六堂)

"전통적인 시조 문학의 진흥과 계몽성을 드러낸 창가 · 신체시 · 기행수필 등을 썼고, 단군조선을 비롯한 민족의 상고사 연구에 심혈을 기울였다. 그러나 일제강점기 말기에 학병권유 등의 친일 행위를 하여 전반기에 보여주었던 민족주의자로서의 활동에 오점을 남겼다." 〈브리태니커〉 사전이 보기 드물게 최남선의 친일 행적을 소개하고 있어 눈이 번쩍 뜨인다.

1928년 10월 조선총독부 내에 식민사관 유포를 위해서 만든 친일단체인 '조선사 편수위원회'를 창립했을 때 편수위원직을 맡으면서 조선 중심의 〈불함문화권〉의 논리는 사그라지고만다. 이는 자신이 구축한 '조선학' 연구를 통해 세웠던 논리를 부정했던 것이다.

또한 1930년대 중반 무렵부터 최남선은 일본과 조선이 같은 핏줄이라고 주장하여 많은 비판을 받았으며 특히 유교지식인이자 독립운동가인 김창숙은 그를 3 · 1선언서의 작성자였지만 이제는 '민족의 역적'이라고 표현했고, 윤치

호는 '청년의 우상'에서 '암적(癌的) 존재'로 바뀌었다고 했다. 1937년 2월 9일부터 11일까지 3회에 걸쳐 매일신보에 '조선문화의 당면과제'를 연재해 조선문화의 일본화야말로 당면한 문제 가운데 가장 중요한 것이라며 내선일체를 강조하는 사설을 써댔다. 1937년 7월, 중일전쟁이 일어나자 총독부 어용기관지 매일신보와 경성일보에 각종 친일논설을 올렸다.

2002년 공개된 친일 문학인 42인 명단, 2009년 11월 펴낸 민족문제연구소의 〈친일인명사전〉교육, 학술분야에 들어있다.

최남선 친일 글 한 토막

오늘날 대동아인으로서 이 성전에 참가함은 대운(大運) 중에 대운임이 다시 의심 없다. 어떻게든지 참가해 할 것이다. 원광법사의 임전무퇴 4자까지 출병하는 청년학도에게 선물하고 싶다. 대동아 전쟁의 세기적 성업에 이바지하게 됨은 실로 남자로서 태어난 보람이 있는 감격이며 청년학도들은 두 어깨에 짊어진 특별한 의무와 책임을 질 수 있는 절호의 기회인 대동아 전장에 특별지원병으로서 용맹한 출전을 하여 일본 국민으로서 충성과 조선 남아의 의기를 바로 하여 부여된 영광의 이 기회에 분발 용약하여 한사람도 빠짐없이 출전해야 할 것이다.

-1943년 11.20 〈매일신보〉 '학도여 성전에 나서라'
'나가자 청년학도야' 중-

최남선 친일작품들

1937.8.15 내일의 신광명 약속, 매일신보
1937.11 만주가우리에게 있다, 재만조선인통신
1938.10 만주건국대학과 조선청년, 삼천리
1943.3 만주건국의 역사적 유래, 신시대
1943.11.5 보람있게 죽자, 매일신보
1943.11.20 나가자 청년학도여 ,매일신보
1943.12 보람있게 죽자, 조광
1944.1.1 아세아의 해방, 매일신보
1944.2 성전의 설문, 신시대
1945.1 특공대의 정신으로 성은에 보답합시다, 방송지우
외 다수

◆ 더보기 ◆

허리끈이 끊어지도록 학도병을 찬양한 최남선

1944년 학병으로 나갔던 백남권은 1943년 11월에 있던 일본 명치대학에서의 이광수, 최남선 등의 강연회에 대해 다음과 같이 기억하고 있다.

"1943년 11월 중순 경에 동경의 명치대 강당에서 학병 나가라는 궐기대회가 있었습니다. 한국에서 이광수, 최남선, 김** 박사 (함경도 사람) 등이 왔습니다. 그리고 당시에 고즈노에 사단의 중대장이었던 유재흥 대위도 왔습니다. 우리에게 "군대 나가라"고 했습니다. 우리가 여관으로 이광수를 찾아갔습니다. "무엇 때문에 당신이 우리더러 학병 가라고 여기까지 왔냐?" 고 물었습니다. 이광수가 말하기를 "당신들이 나가야 국익이 선양되고 우리 한국 사람들이 대우를 받는다. 또 하나는 미국은 쌀 미(米)자 미국이다. 일본은 날 일(日)자 일본이다. 쌀은 태양에게서 이루어진다. 태양이 이기니 일본이 이기고 미국이 진다"는 논리를 폈습니다. 우리가 명치대 강당에서 그러한 강연을 듣는데 최남선은 어찌나 열변을 했던지 허리띠가 끊어져버리기도 했습니다. 이광수가 강연할 때 우리들이 "옛날의 이광수로 돌아가라"고 고함을 질렀습니다. 그래도 할 수 없이 고향의 부모들을 부르고 그래서 안 가면 안 되게 되었습니다."

《내가 겪은 해방과 분단》 한국정신문화연구원, 2001, 173-174쪽.

하늘처럼 받들어 모시던 천황
〈최재서〉

새로운 비평을 위하여 필요한 것은
낡은 조선이 아니다

강!
네가 죽었을 때 애비는
총독부가 만들어 준 갓 태어난 국민문학을
끌어안고 너의 추억을 키워 가기로 했다

경성제국대학 사토키요시 교수는 말했지
내선인의 혼과 혼
마음과 마음이 하나 되어야 하는 필요성을!

태어날 때부터
만세일계 천황을 모시는
우리들의 행복은 견줄 수 없는 축복

즐겁게 한세상 보내는 것이 문학의 목적

천황의 거룩한 품에 안겨
국민에게 즐거운 마음의 씨앗을 나누기 위해
펜을 굴렸지

한 평생
천황을 위해
일본을 위해
대동아공영을 위해
새로운 비평을 위해.

* 강은 최재서의 아들. 1943년 4월에 "나 자신이 일본국가의 모습을 발견하기에 이르기까지의 혼의 기록" 인 〈전환기의 조선문학〉이란 책을 펴내면서 먼저 가 버린 아들 '강'의 영전에 이 책을 바친다는 기록이 있다. 이 책에는 14편의 글이 실려 있으며 그 가운데 '신체제와 문학'이란 글에서 "오랫동안 구미제국의 제국주의에 지배되어 발전을 저해 당했던 동양을 해방하여 진정으로 자주적인 동양을 만들어야 하는데 그것을 잘 이뤄낼 수 있는 것은 우리일본" 이라는 내용의 글도 있다.

-친일인명사전 인명편 3권 767쪽-

최재서(崔載瑞, 1908 ~ 1964) 시인, 소설가, 평론가

창씨명 (石田耕造, 이시다 코우나리)

1941년 조선총독부가 정책적으로 창간한《국민문학》을 주재하고 1943년 친일단체인 조선문인보국회 이사를 지내면서 친일 문학계의 대표적인 이론가로 활동했다.《국민문학》을 통해 발표한 소설 세 편을 포함하여 〈전쟁문학〉(1940),〈국민문학의 요건〉(1941),〈전환기의 조선문학〉(1943) 등 총 26편의 친일 작품이 발굴되었다.

2002년 민족정기를 세우는 국회의원모임이 발표한 친일파 708인 명단, 친일 문학인 42인 명단과 고려대학교 교내 단체인 일제잔재 청산위원회의 '고려대 100년 속의 일제잔재 1차 인물' 10인 명단과 2009년 11월 민족문제연구소가 펴낸 〈친일인명사전〉에 들어있다.

최재서 친일 글 한 토막

"이튿날 눈을 뜨자마자 일장기의 범람이었다. 특별열차가 정차 할 리도 없는 촌락 작은 역에도 일장기는 나부끼고 숲 속 농가에도 일장기가 벽에 붙어 있었다. 더욱이 논

두렁에서 어린애를 안은 젊은 여인이 질주하는 열차를 향해 일장기를 휘두르며 만세를 부르는 정경은 참으로 눈물겨웠다. 이리하여 나는 전쟁 속의 한 사람이 되었다."

- 1940년 7월 호 〈인문평론〉 중일전쟁 3주년 회고 수필
'사변 당초와 나'-

최재서 친일작품들

1940.6 전쟁문학, 인문평론
1940.7 사변당초와 나, 인문평론
1941.2 문학신체제화의 목표, 녹기
1941.8.2 징병감사와 우리의 각오, 매일신보
1943.5 근로와 문학, 국민문학
1943.6 사상전의 첨병, 국민문학
1943.8 징병서원행, 국민문학
1943.9 대동아의식에 눈뜨며, 국민문학
1944.1.11 아세아의 해방, 매일신보
1944.4 받들어 모시는 문학, 국민문학
외 다수

조국 일본을 세계에 빛나게 하자
〈최정희〉

잠자리처럼 얌전히 나는 비행기보다
불꽃처럼 적군의 비행기를 추적하는 비행기가 좋다
힘없이 뭉게구름 흘러가는 하늘을 보기보다
미제로부터 저 하늘을 어찌 지킬까 생각하는 여자가 곱다

반도의 훌륭한 청년은 강인한 어미에서 비롯된 것이니
울고불고 아들을 지원병으로 보내기보다
승일이 엄니처럼 기쁘고 환한 모습으로 내보내는 어미
가 좋다

부민관에서
경자처럼 영미(英美)를 비판하는 모습이
은영처럼 꿔다 놓은 보릿자루 보다 낫고
혜봉처럼 미제에 주눅 들지 말고
세계에 빛나는 일본으로 만들자던 최정희

이제 그녀는

들국화 받치는 사람 없는 쓸쓸한 무덤에서

아직도 벗지 못한 제국주의 짝사랑에 잠들어있다.

*경자, 은영, 혜봉 : 〈야담〉 1942년 5월호 가운데 기독교 계통 여학교를 나온 세 여성이 서양 중심의 세계에서 벗어나 신체제(일본체제)에 접근하는 모습을 그린 '여명' 이란 글 속에 나오는 등장인물 이름.

최정희(崔貞熙, 1912~1990) 소설가, 기자

1941년 11월 매일신보에 연재된 '국민문학의 공작 정담회'에서 이선희, 모윤숙과 함께 참가해 "우리들한테도 총을 잡은 그러한 마음의 준비가 없어선 안 될 것 같아. 그런 마음이 아니고는 국민문학도 국책문학도 안 써질 것 같아……. 일본인이 되려는 그 생각, 그 생활을 그리는데 있지요. 속일 수 없는 일본인이 되리라는 생각을 문학화 하여야겠지요."라는 의식으로 글쓰기에서도 일제 닮기를 주장했다.

조선문인협회 간사를 시작으로 각종 친일단체 주최 강연회와 대담회에 단골로 등장 하였으며 특히 징병제 지원활동에 있어서 '우리 아들을 훌륭하게 만드는 힘도 우리 어머니에게 있고 우리나라 일본을 세계에 빛나게 하는 것도 우리에게 있다'라고 1942년 7월호 '반도의 빛'에서 강조했다. 그녀의 초지일관은 철저한 일본인화였다. 김동환과 함께 부부친일 문학인이다.

2002년 공개된 친일 문학인 42인 명단, 2009년 11월 펴낸 민족문제연구소의 〈친일인명사전〉문학부문에 들어있다.

최정희 친일 글 한 토막

매년 지원병이 입소하면 곧 가정사정이라든지 부모형제의 찬성여부를 조사합니다만 언제나 모친 쪽의 반대가 많습니다. 수십만이라는 많은 사람들 중에서 어렵게 선발된 영광스런 자들이지만 이런 식으로 모친 되시는 분이 반대하거나 흐릿한 자는 성적도 좋지 않고 간혹 탈출하는 일까지 생깁니다. 아무래도 무지한 모친이란 눈앞의 맹목적인 애정만 알지 크고 빛나는 미래 같은 건 조금도 의식하지 못해서……. 반도의 청년이 훌륭한 군인이 되려면 우선 무엇보다도 어머니들의 힘이 큽니다.

- 1942년 11월호 국민문학 〈야국초〉-

최정희 친일작품들

1939.5.14 어머니의 마음, 국민신보

1940 친애하는 내지의 작가, 모던 일본

1941. 2 환상의 병사, 국민총력

1941.7.15 시국과 소하법, 매일신보

1941.9.23-26 초가을의 편지, 경성일보

1942.2.21 동아의 새 아침, 매일신보

1942.5.19 국가의 아들의 어머니에게, 경성일보

1942.5 군국의 어머니, 대동아

1942.5 꿈은 남녁으로, 대동아

1942.11 야국초, 국민문학

1942.12.12 푸른 하늘, 경성일보

외 다수

〈참고문헌〉

《실록 친일파》 반민족문제연구소, 1991, 돌베개
《청산하지 못한 역사》 반민족문제연구소, 1994, 청년사
《친일파 99인》 반민족문제연구소, 1995, 돌베개
《내가 겪은 해방과 분단 》 한국정신문화연구원, 2001,선인
《실천문학》 (67호), 2002
《친일문학론》 임종국, 2002, 민족문제연구소
《한국현대문학대사전》 권영민, 2004, 서울대학교출판부
《식민지시대 대중예술인 사전》 강옥희 외, 2006, 소도
《한국현대사산책》 강준만, 2004, 인물과사상사.
《친일인명사전》 민족문제연구소, 2009
http://ko.wikipedia.org (한국어위키백과)
http://enc.daum.net (브리태니커, 다음 제공)
http://www.minjok.or.kr(민족문제연구소)
http://blog.daum.net (바른역사알리기운동본부)

* 이책에 쓰인 사진자료는 민족문제연구소에서 펴낸
《친일인명사전》 에서 발췌한 것임.

사쿠라 불나방

초판 2쇄 2011년 3월 1일 펴냄

지은이 : 이윤옥
디자인 : 페이지메이크 pagemake@gmail.com
박은이 : 광일인쇄(02-2277-4941)
펴낸곳 : 도서출판 얼레빗
등록일자 : 2010년 5월 28일
등록번호 : 제000067호
주소 : 서울시 종로구 당주동 2-2. 영진빌딩 703호
전화 : (02) 733-5027
누리편지 : pine9969@hanmail.net
ISBN : 978-89-964593-1-6 03810

값 : 9,000원